去, 你的旅行

On Your Own
Journey

阿Sam 著

湖南文艺出版社
HUNAN LITERATURE AND ART PUBLISHING HOUSE

博集天卷
CS-BOOKY

目录
contents

第 1 章 ‥ ○○

上海——起点和终点

第2章 :: ○○
绕着地球走半周

第**3**章··○○

生活在别处

第 Ⅴ 章 ·· ○○

小镇记忆

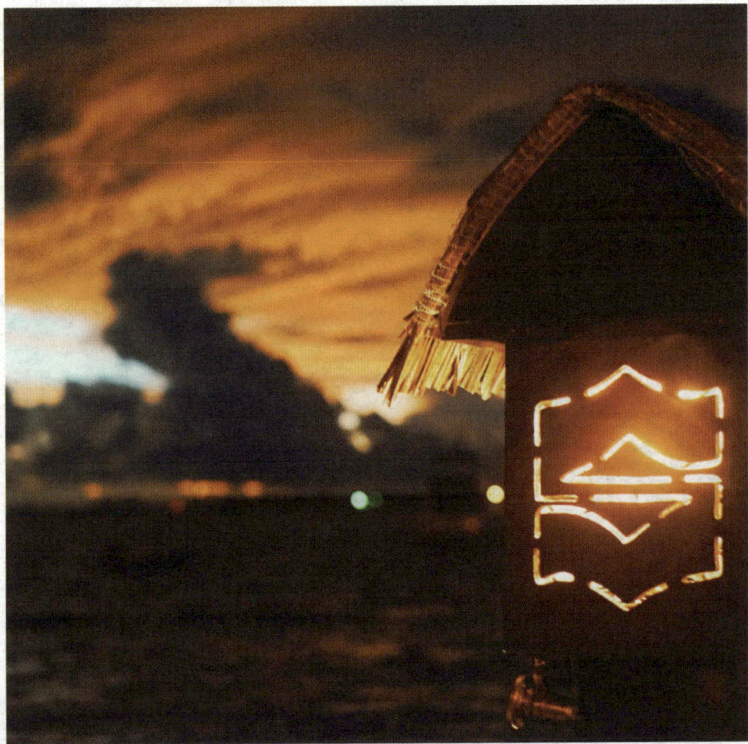

Make Your Trip

梦
旅人　醒在城市间

序
凸

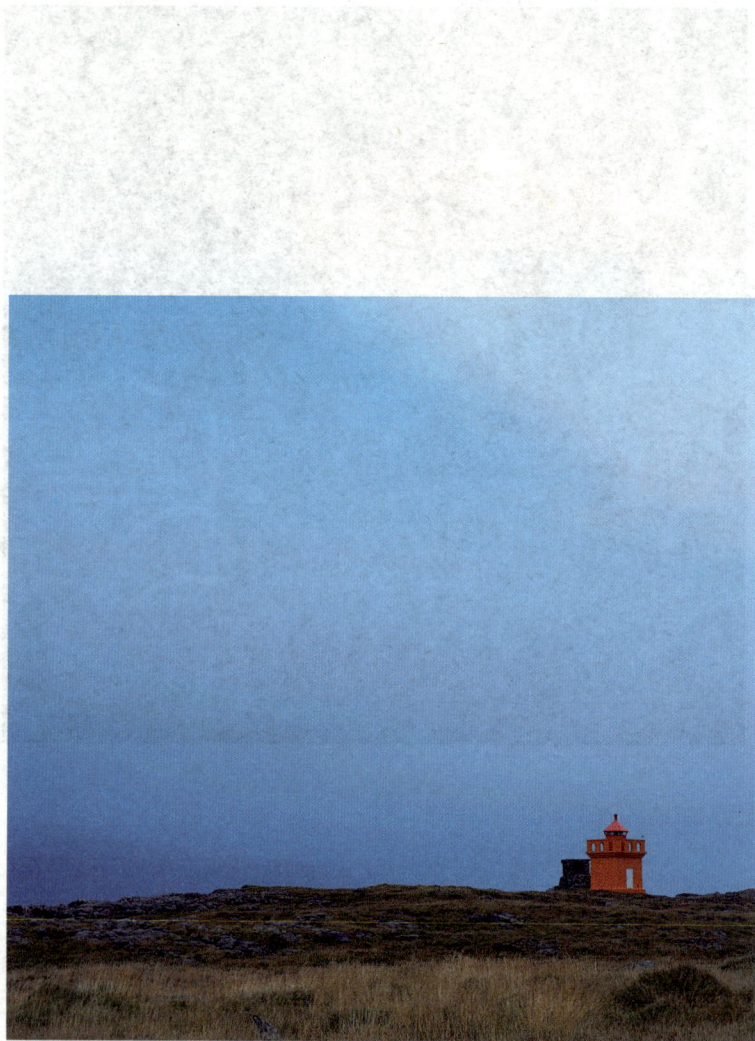

青春

· · ·

五年前写下这本书，我在最后写了一句："青春。梦。旅人。"

五年过去了，这三个词依然在我脑海里，可是我们还有青春吗？

如果要对青春再做一个注脚，五年后的我会说，青春是用来怀念的，是我们共同经历的过程；青春是一首无言的诗，是我们再也回不去的岁月；青春美好又短暂，充满泪水也充满了欢笑。

像是电影一样，一早设定了结局。你曾经不甘心地期望赶快长大，不要一直活在青春里，但有一天发现心慢慢变老了，比老去的面庞更让人感到害怕，青春真正消失在你的生活中，只剩下了怀念。

所有念念不忘的经历，注定将改变你的一生，起码对我来说是这样。读大学时周末在汉口一家唱片店打工，现在回想起来应该是清寒的，但在那个年代，精神食粮几乎超越了一切，于是也格外地开心。

那是一家位于台北路的小唱片店，整个店面不过十来个平方米，两排货架堆满了唱片和DVD，转个身都难。通常这样的小店都会找个乡下的亲戚或者朋友来看着，无须做任何培训或是陈列，反正来的都是熟客，街坊邻里买张CD或是电影大片再正常不过，我这个不爱读书的大学生，就这样加入了这家唱片店。

也是在那个时候，我像海绵吸水一样听了大量的音乐，看了无数的电影，对这个世界的好奇心，从这家小唱片店一直延伸到了未知的世界。从爵士到流行，古典到摇滚，什么都听；电影也是一样，从独立电影到好莱坞大片，全部都看。当然这些都是在下班后。偶尔不回学校，我睡在二楼的小阁楼里，狭小的阁楼，翻个身都难，但因为有冷气，比起学校这里条件算好了。夏天的时候，每天的工作结束，武汉的消夜正式上场，在唱片店门口的小摊子点一碗煲仔饭，再来几根烤脆骨、一瓶啤酒，端着热乎乎的食物拉上卷帘门，这里就是我的世界，我的青春。

十几年前，世界对我而言是汉口和武昌，再远一些的地方都只能从电影里看到。我不知道何年何月可以去一次纽约，也不知道东京是不是真的有很多漫画店，越南是不是还有"三轮车夫"。谈了几场草草结束的恋爱，不后悔也不怀念，像是一个急于要长大的孩子。

十几年后，我买了一台CD机，身边的好朋友们都不太理解今时今日还有人在听CD这件事，手机拿出来随时可以找到你想要的音乐，网络书店分分钟可以买上几本喜欢的书籍，想要吃的餐厅大部分可以送外卖到你家，所有的一切都太方便了，方便到让你还未来得及细嚼慢咽，品尝其中的滋味，人就已经开始偷偷地变老。

想买CD机的原因很简单，家里的唱片堆在那里落了灰，每次做清洁时总要一遍遍地擦拭。

这些年无数次地搬家，从武汉一路到上海，丢了那么多东西，这些CD一直没有丢掉。这长达十数年的时间里，我不停地擦拭它们，却再未听过，很像是一个故人，久未联系却又不想删掉他的电话，实际上已经没有任何意义。有时在旅途中也会光顾一下唱片店，纽约布鲁克林有不少好唱片店，一张张CD被分门别类按照名字以及音乐种类排列，看着那些熟悉的乐手或唱片名字，脑子里不由自主响起熟悉的旋律。音乐是一个很神奇的东西，它会让你想起某个场景、某个人，和味道一样，跟随着你，埋藏在心底。

我想我开始怀念我的青春了，怀念我曾经爱过的那家小唱片店，那瓶啤酒，那几串烧烤，那些简单又快乐的岁月。

家中的唱片柜里摆着利绮的《体贴》，林隆璇的《夜深人静》，当然更少不了许美静、王菲、林忆莲……还有很多打口碟。我看着它们，如同看见一张青春的存折，保留着那个时代留下的所有财富。

一个人的生活轨迹，与他的成长环境和兴趣爱好总是息息相关。在全国各地做读书分享会的时候，总有读者拿着这本快翻烂掉的《去，你的旅行》，我也总会莫名地感动。一直觉得文字中的我和生活里的我是两个人，就像看我的书和跟我聊天，你总会有不同的感受。很多人因为《去，你的旅行》认识了我，一晃时间又过去了五年的光景，当年的学生现在应该已经开始工作，读到这本书时二十出头的人，现在可能快要而立，很高兴，我们的青春相遇在这字里行间。

有读者会在分享会时留一封信给我，我会把它们全带回家慢慢地读，其中有一封信是这样的：

阿Sam：
收信快乐，这封信我写了好几天，一直在犹豫要不要写。

喜欢看你的书，从《去，你的旅行》到最近这本《不过，一场生活》，很高兴你来成都做分享会，希望你多吃点串串！

说实话，当时是因为失恋想去旅行又没有勇气独自出发，看了你的第一本书，给了我很多鼓励。但我今天想说的是我和我男友的事。

和他认识并非偶然，因为是高中同学，所以很自然就恋爱了。他家离我家隔了三条马路，经常放学后我坐在他的自行车后座回家。像大多数女生一样，我对这个可以靠在他身后的男生十分着迷。他个头很高，是校足球队的，我经常等他踢完球再一起回家，晃晃悠悠就到了高中毕业。

高考后，我们没能如愿地考上同一个大学，散伙饭那天我哭得像鬼一样，他抱着我说要一辈子这样抱下去，我至今都记得那样的温度。

我依旧待在成都，好像一辈子都离不开这里了，他去了北方，和所有的异地恋一样，我们只能用邮件和短信交换彼此的生活。有一次我搭了几天几夜火车去看他，夜晚的哈尔滨零下十好几摄氏度，他一个人站在冰天雪地里等我，手上的豆浆都冻得结了冰，下了火车看到他第一眼，我忍不住又哭啊哭，他还像吃散伙饭那天那样抱着我。

这样又过了两年，每个暑假我们都约着去一个地方旅行，当时我想，就这样一辈子走下去就好了。

大学毕业，他去了北京工作，我还在成都。那一年我们不再讨论未来，商量接下来去哪儿，而是无谓地争吵，为了谁都不肯为谁迈出更大的一步，接着是分手，像是大多数异地恋的结局。

偶尔我会不甘心地想，难道爱真的抵挡不过距离吗？

再后来，我们渐渐没了彼此的消息。我处了新的朋友，然后又失恋了，但这次还好，因为我已经知道什么才是自己需要的生活，我努力工作赚钱，从朋友那里知道他在北京发展得也不错。我们就像是永无交集的平行线，直到买了你这本书，看完后我鼓起勇气发短信问他，要不要一起去一次西藏。

隔了几天他回复我说："好的！"

今天想给你写这封信是因为，我们最终又走到了一起，兜兜转转，一起去了西藏，回去后他便辞职来了成都。

十年了，我们最终还是没有在人群里走散，我告诉他要去你的分享会，他说那天会跟我一起来。

希望你一切安好。

张馨荣

我把这封信贴在了公众号上，想分享的不仅仅是这封信，更是每个人逝去的青春。年少时的爱恋总是难能可贵，但有时候我们会放弃，因为看不到未来，时间消耗了彼此的精力，也磨灭了最初的爱恋，但我们更愿意相信：携手走过的路，才是最真实的。

青春转瞬即逝，拥有过，爱过，便好。

梦

·
·

小时候做梦，总觉得那是真实世界的一部分，因为心存一丝念想，所以情愿相信梦是真的，尤其是那些美好的梦境。

后来，当我们开始为梦所惊醒，你才会发现并不是每一个梦都会实现的。曾共事的主编在某年的周年刊里写过一句话："不要放弃你的梦想。"几年后她因为疾病离开了我们，而我一直也还记得她说过有很多的梦，时至今日，我还是很想问问她，那些梦都实现了吗？还有遗憾吗？

可能因为这样，让我坚信趁还可以做梦，就要一一去实现。

那些年主编偶尔来上海出差，我会请她和另外几个同事来家里喝茶。她总是说，就是爱你这种文艺青年的小资调调。当时住在华山路蔡元培故居小区里的一幢老别墅里——说是别墅，其实不过是老的洋房，一层楼里也有两三户人家。小区闹中取静，樱花、桂花、山茶花随着季节交替地开着，有时候上班时发现路边又开了新的花，心情也会好很多。

我是那种哪怕租房也要把家里弄得舒服美好的人，甚至期待租来的房子最好家徒四壁，什么都没有，自己再去一点点地买回来，按照理想中家的模样收拾布置。通常房东不会提供这样的条件，但只要你承诺临走时留下添置的家具，适当地改造也没有太大问题。大部分人不理解，为什么一个租来的房子要弄得自己这么累？随便住住不可以吗？我坚持说："不行。"

这种坚持，像是一种对梦的追逐。哪怕再穷也不忘喝一杯咖啡，哪怕房子再小也有理由让它成为你舒服的家，无论在外面遇到多大的挫折和不快乐，回到自己的家中，就会是温暖的。

华山路的老房子是木质结构，过去应该住过一个大家族，时间久了，地板的木头很薄，甚至一开电视，二楼的老阿姨就要上来吵说你家电视太大声能不能不要看了，所以那时我基本不在晚上接待客人。

事实上，我也能够听到二楼的一切，像是他们晚上的呼噜声。可以说住在这里的每个人都没有太大的秘密，但只要遵守了游戏规则，依旧可以住得很开心和舒适。

周末的时候，我会去巨鹿路的小书店看看书，再吃个早午餐，买点菜和花回家。那栋房子的结构有些奇怪，我和一家邻居共享同一个走道，每次需要穿过走道去洗手间和厨房，还好邻居常年不在，我常常穿着短裤衩大摇大摆地走来走去，无所顾忌。

阳台是我最爱的区域，也是我最初写这本书的地方，小桌子对着一片小树林，我自己也养了一些花花草草。早上阳光很好，透过小树林的细碎光芒落在皮肤上，有一种不真实的感受。到了中秋夜，席地而坐，吹着电扇喝着冰啤酒，也格外惬意。

和苏分手之后，我在这里开始了一段新的恋情。虽然长期与一个人相处后，对于要重新谈一段恋爱，始终会有某种抗拒，也可能是怕麻烦，因为要开始培养新的习惯，吃个饭要想好去哪里，价格是不是彼此可以接受，做任何事情都不忘报备一下。但人终究是耐不住寂寞的。在这样一直抵触和抗拒的内心状态中，我开始了这段新的恋情，结果发现也没有那么糟糕，甚至会觉得，和年轻人谈恋爱的好处就是你自己好像也年轻了一点。

晚上一起在院子里跑步，散步去吃碗米粉，上海的夏天巨热无比，流着汗回到家洗了澡再喝点小酒，播着喜欢的音乐。或许并不富足，却莫名地开心，这样的日子如果能一直如此该多好。

有一次我去北京出差，朋友趁我离家想给我一个惊喜，把家里的整个布置换了一个底朝天。我不知道算是惊喜还是惊吓，书找不到了，唱片挪了位置，连花都去了角落，太快的同居，太快改变彼此的生活习惯，对一个快三十岁已独立成习惯的人而言，还是太难以接受。

后来我在想，这应该是这段感情没能走到最后的导火索。写这本书的时候曾计划一起去一趟土耳其，最终的结局不是旅行而是分手，性格不合或许是个很烂的理由，有时却是生活的真相。

又一次搬家。是的，这是我在上海搬的第六次家了。

在炎热的8月找房子，搬家，交水电煤气费，装宽带买家具，累到如同一具麻木的躯壳。最后躺在新家的沙发上，吃着冰西瓜喝着威士忌播着老音乐，看着生活此刻呈现出的样子，我想我的梦再一次破了。

大概是从这时起，我心中默默有了想买一个房子的念头。虽然书上写着："一个厨房的价钱，就可以环游世界。当然，少了厨房，可能房子已经不再是房子，但是那时候你的世界观也变了。"

看过了大半个世界，世界观没变，房子依旧没有，但我开始渴望有一处任何时候都可以回去，任何时候都不用再搬走的住处，一个真正梦想中可以称作家的地方。只是我那一点点存款在上海的高房价面前只是杯水车薪，于是我带着这本书的稿费和积蓄回到了武汉，看了三天的房子，却发现因为没在武汉缴纳社保，户口也不在本地，根本没办法贷款买房，唯一的选择只能是买商用房。

那天去看了汉口的某个项目，售楼处像是被打劫了一般，因为基本上都卖光了，根本没有销售理你，而且我觉得那房子并不怎么样，产权也有限，尽管家里人很期望我能够马上定下来，但我觉得，人总是要有梦的，既然不喜欢，宁可再等等，我不想最后那是一个不完整的梦。

我带着那笔钱又返回上海，一年后我辞了职，那年过年的时候，母亲在饭桌上突然说起："记得没事时去看看房子，我看别人都买了，你也应该买一个了，家总归是让你安定下来的地方。"

于是买房变成悬在我家的一个命题，而且需要靠我自己去解答它。2016年春天，我又回了一次武汉，继续完成这件每个人一生中可能都会经历却又害怕的事。

在我的世界观中，买房子一直不算是人生必须要做的事情，可是随着岁月增长，父母渐渐年迈，你会觉得这件事情开始变得重要——父母在此，即是故乡。

但故乡对于我，也是回不去的地方。当车开在高架桥上，看着这座到处在挖在建的城市，我心里感到陌生，有些地名甚至都想不起来了，武汉话也说得不太灵光了，它成为你经历中的一部分，却不拥有你的现在。

试着翻了一下从前写的博客，找到旅途中写过的一段话："随身带了星野道夫的《在漫长的旅途中》，熟悉的香水和很多棉布T恤在身边，六卷胶卷、一个卡片机和信用卡、仅有的一点现金，可以工作写东西的上网本，这是我的全部，简单快乐又美好。"

经历与当下，或许同等地重要。没有过去的自己，也不会有现在的我。江滩那些喝醉的夜，司门口到江汉路的轮渡，武大的食堂，湖大的沙湖，一切都像是昨天，一转身却过去了十年。我依稀记得那天离开武汉搬去上海的场景，飞机离开这座城市的时候，我看着脚下熟悉的一切，多少还是有些难过，那些曾经爱过恨过的人此刻都在你之下，一点点变得渺小。我知道当我再回来时，一切都将不一样了，包括我自己。

有人说，一座城市，当你离开那一刻就成了伤城。武汉于我没有所谓的伤，更多是情。

最后终究回来这里安了一个家，我没有问过买房这件事对父母有多大的意义，但我记得在《不过，一场生活》武汉的分享会上，差点当场哭了出来，泪到了眼眶又压了回去。

在现场我读了一段王小帅导演《我11》里的台词："我们在生命的过程中，总是看着别人，假设自己是生在别处，以此来构想不同于自己的生活，可是有一天，你发现一切都太晚了，你就是你，你生在某个家庭，某个时代，你生命的烙印，不会因为你的遐想而改变，那时你所能做的就是接受它并尊重它。"

那一刻我在想，我们并不能选择自己的命运，但有权利选择做一个属于自己的梦。

父亲少时离开武汉，时常提及的事物和地标，随着城市变化早已物是人非，再回来时已是暮年，人生兜兜转转，其实就是这样吧。
离开，是为了回来。

还好，我没有忘记我还会做梦。

旅人

·
·

从东京飞往波士顿的航班上，我一直未眠，抱着Kindle看了一夜。阅读是件很奇妙的事情，因为你会跟着叙事的推进，想象自己站在故事中的什么地方，又或者如果自己是主角下一步该怎么办。过了这么些年，从廉价航空坐到商务舱，依旧是睡不着，但现在我会觉得长途飞行时人的头脑会格外地清醒，身处高空却不知身在何处，索性就让思绪肆意飘荡。

去波士顿是为参加婚礼，辞职后最大的好处是，无须请假也无须告诉谁，带上行囊就可以出发。

相识十几年的朋友，我们是在哥哥张国荣过世那年认识的，两个人在汉口路边的小酒馆里畅聊人生和未来，突然手机里全是他走了的短信。那一天我们一直都记得，转眼十二年，我们都离开了那座城。

他出国，不远万里去读书，经历过不少情感的波折。有一年我们走在纽约的中央公园，看着一对对走在热夏纽约的情侣，我说你应该会遇到一个相爱的人，然后将一直生活在这里。他说一定会的。

而这一天真的来了。我和他的亲戚朋友们一起，又一次飞过太平洋，只为见证这场婚礼和他的幸福。租了一艘船开在黄昏的海湾中，小提琴拉起，像电影和美剧里看过的一样，他在海风中说：

"从今天开始相互拥有、相互扶持，无论是好是坏，富裕或贫穷，疾病还是健康，都彼此相爱、珍惜，直到死亡才能将我们分开。"

所有的人都湿了眼睛，我们那些藏在心中的细微的情感，在这一刻，终于被释放。

好在美式婚礼整体比较轻松，更多时候都在喝酒。伴着微风我们在海的中央漂来漂去，他挽着母亲，步履蹒跚地跳着邓丽君的《漫步人生路》，我想对老去的父母来说，不管最终和谁在一起，他自己的幸福才是最重要的。

黄昏时升起了烟火，所有的人都喝到了微醺，我几乎是带着醉意回到了上海，发短信给好朋友说，你们一定要一直幸福下去！

旅途中的人总是格外容易被感动。在那天的游轮上，我遐想着如果自己生活在这里，是不是会看到同样的日出日落，是不是也会带着家里的狗狗去公园散步，和自己爱的人还有小朋友躺在草地上喝着酒。但如果生活真的变成这个样子，到那时我们又会遐想些什么呢？

生活毕竟不是用来遐想的。就像你问我一直在路上会累吗？当然会。可是你问我会厌倦吗？我想告诉你，我从未对这个世界厌倦过，因为她比你想象的更精彩。

五年过去了，你们也总问我说，这五年的时间，你觉得自己最大的变化是什么？这真的是一本旅行书吗？

从二十岁写到三十岁，这本书里放着我青春年少的样子，那些疯狂的叫作爱情的小事，它们随着时间慢慢变作记忆，成为想起或许会眼睛一红的过往。关于旅行，我记得更多的是那些路途中陪伴过你的人，路边小酒馆里唱歌拥吻微醺的情侣，白发苍苍牵着手走完半辈子的老夫妻，他们都真实地存在于我的世界，我不过借了他们的幸福，在属于自己的旅途中共同走过这样一段，谢谢你曾经陪我去了这些旅行，看过那些感动的瞬间。

文字是一面镜子，当你打开这本书的时候，你敞开了自己的心扉，看到的也会是个人的影子。不要问我这个故事最后的结局是什么，我们总是期望每段旅途都有一个完美的结束，但真的到了终点，再回头看时，你会发现发生的未发生的，一切都是经历，改变那些不完美只是徒劳，所以请务必享受你的当下，珍爱你身边的爱人。

去，你的旅行，爱值得你爱的一切，岁月短暂，我们务必格外珍惜。

愿我们一直拥有青春的热情，带着梦做一个不倦的旅人。

阿Sam

2017年2月14日 于上海

第

1

章 : :

○○

上海——起点和终点

从常德公寓开始 ①

在我身边的很多朋友看来，能够生活在上海似乎是一件很幸福的事情，比如《花样年华》中的那些老石库门，又或者是路边温馨的小咖啡店，每一个人都能够在这座城市里找到一些归属感，这样说来或许会让人感觉有些矫情，但上海就是这样复杂而丰富的符号。

小时候对上海的印象很模糊，真正开始喜欢这座城市应该是从张爱玲开始。那天下午我在常德路的张爱玲公寓门口听着iPod，脑子里却在想那个拒绝了胡兰成但在千里之外对他又爱又恨的张爱玲。楼下新开了小书店，来杯咖啡吧，不知道是不是她当年喜欢的口味。很多时候时光在变，建筑却还是老样子，就像一些情愫无法被替代一般，想一想，我在这个城市快有十年的时间了，不长不短。

八年前的某一天，我在网络上遇到了二十五岁单身的苏，成都人，独自在上海工作多年，感情淡薄，平日话语不多，典型的天蝎座，建筑设计出身。我从没想过自己会遇见这样一个人，那段和泉分开后的漫长时间里，我在武汉苟且生活，遇见一些人，也伤害一些人，像个任性的孩子一样在感情的世界里随波逐流。

天气炎热的7月，我买了下午的机票到上海看望苏。

上海对我而言真是一个陌生又陌生的城市，我对他一无所知，但如同所有的爱情电影一般，我期待着好的开始。当我站在太原路、嘉善路路口的罗森便利店门口时，我有过某一瞬间的恍惚，给自己买了一瓶纯净水，戴着耳机慢慢地喝了下去。我记得那时候还在听无印良品的歌，等待苏加班之后来找我，十分钟后我被苏带去了她的公司。

遇见一个比自己年纪大的人总会忍不住要装成熟，那种成熟现在看来有些幼稚，但也许真的不是装出来的。

我是阿Sam，现在住在位于华山路近常熟路的蔡元培故居里。七年前我曾经一度幻想以打字为生，虽然书里都说字贱清寒，虽然我过得并不很富足，但我从来也没有想过改变，于是几年后我做了杂志编辑至今。

有时候大家都喜欢看那些编造的一个又一个似乎美好的故事，用来安慰寂寞悲伤的人，只是我知道，从心底里我是期待把我的痛楚带给你的，那些痛如同生长在骨头里无法剔除的利刺一般，但我清楚疼不过心，难过不抵天明。

到上海的第一天，我陪苏加班至深夜，她用微波炉热了煎饺给我吃，喝的是当时我觉得奇贵无比的味全每日C的果汁，一个人在公司的院子里默默地抽烟听歌。有时候我挺怀念那个时候的自己，怀念彼此之间那份安静的默契，就像是夜凉如水一样令人轻盈的安静。

关掉桌上的灯，苏说一起步行回家。上海，一个陌生而复杂的城市爱情地图，充满了繁华也有说不出的寂寞。我和苏在大木桥路近肇嘉浜路的东北馆子里吃了第一顿饭，我喝下了一整瓶三得利啤酒，没有醉，然后苏给我买了毛巾和牙刷。

是不是所有的故事就应该这样开始，两个寂寞的人紧紧拥抱在漆黑的夜里，汗水交融，在这样一个炎热的7月变得格外熟悉，你们不用说话，用城市的余光看着彼此，那是熟悉的呼吸味道。

深夜时分外面下起了小雨，江南的小雨不比北方，细密得像针线在城市上空有条不紊地织着。

我们就这样迷迷糊糊地睡到了第二天早晨九点，窗外依旧阴沉。苏留了便条：钱在抽屉的第三格，相机是F717，不知道你是否能用惯，可以带出去拍照，有事情就电话我。寥寥几行字交代了她在上海的全部，干脆利落，是这个城市熏陶出的典型样子。

在这个炎热的夏日午后，拿着苏留给我的小纸条，心里一阵莫名地感动，这感动源自长大后除了家人之外第一次有人对我毫无保留地信任。这不仅仅是钱或者相机的问题，而是一种全身心的交付，在这个全新陌生的城市里。

苏的房间在大木桥路的老式房子里，洗手间不大，推开窗户可以看到车水马龙的街道，木质的地板已经不算新了，到处有斑驳的痕迹。我换好了衣服准备出门，在关上门的那一刻我默默地闭上眼睛，似是要把眼前的一切都刻入心中，如同我现在写着这段文字时的样子，默默地闭上眼睛关上那一扇门。

每个人的生命里一直在不停地开门、关门，可是你却无法清楚地知道哪些门一旦关上便再也打不开了……
不知道你年少的时候是否会和我一样，为了一段感情执着地飞行在两个城市之间，熟悉两个机场的停机位和航空公司的办票柜台、店铺，你不是出差也不是旅行，只是单纯地为了一份感情抛弃了一切去往另外一个城市。

现在想来真是有些疯狂，如果再变回当年的我，我是不是还有这样的心情和勇气去谈一场远距离的恋爱。

和苏刚刚在一起的半年里，我几乎每周飞一次上海，不知疲倦地疯狂爱恋。我至今都不明白当时怎会有如此盛大的勇气和情感，义无反顾地奔走于城市之间。那些曾承载了太多期待的机票，我都完好地保存了下来，然后在分手的那一年，没有冲动也没有怨恨，平静地全部丢掉，我以为很多记忆就是这样可以被丢掉一般。但原来是徒劳。

骗父母说我在上海找到了实习工作，其实大学还没毕业的我没有任何机会，只是苏一直二话不说地默默支持我，除了精神还有经济。我一直不太清楚自己要做哪一行，只是心里朦朦胧胧地早已确定要进媒体行业，但进媒体对毫无经验的我来说真是一个梦。我想，我当年唯一的资本就是年轻吧。

离开武汉的那天，我一如既往地在宿舍里把电脑打开，放着《悲情城市》的原声———直都很喜欢这部电影的音乐，但哪知道竟然听着听着就迷迷糊糊地睡着了。醒来的时候已经是十点半了，照常刷牙喝水下楼去吃饭。只是那天有一点特别，我整理了这些年出去的车票、机票、门票。那个时候都有这些收集癖，喜欢记住日期，喜欢告诉自己每一个日子都是应该有意义的。如此加起来已有厚厚的一摞，标注着日期的票据如同日记一般，但我却记不起多少次在上海虹桥机场、武汉天河机场起起落落。四百多张CD，十公斤重的杂志和书，还有一个可以放七八瓶饮料的小鸡蛋冰箱，随身几瓶熟悉的香水和用惯的背包，简单的几箱衣服，这些就是我的全部。也许是读书时留下的毛病，很多旧东西都舍不得丢弃，于是东西越来越多，我就是这样带着这些东西一起飞抵了上海，真正开始了我的上海生活。

飞机离开武汉的那一刻我看着窗外默默流泪了，因为我知道，这一走也许再也不会回来，年少的爱恋、欢喜和悲伤都被我丢在了江的对岸。

那些痛如同生长在骨头里无法剔除的利刺一般，

但我清楚疼不过心，难过不抵天明。

每个人的生命里一直在不停地开门、关门，

可是你却无法清楚地知道哪些门一旦关上便再也打不开了……

半梦半醒的生活 凸

我在上海的第一个朋友叫Niko，是我的老乡，在网上聊了很长时间。
我和苏的相识还是源于Niko。当年我在一个叫WEANDWE的网站写专
栏，他把我的文章发给了苏，这才有了后面的故事。

因为初到上海，第一次见Niko的时候我还没有工作，而Niko已经是公
司职员了。我们约在肇嘉浜路的张生记门口，当时我们可吃不起张生
记，只是随便在徐家汇吃了碗味千拉面。Niko长得很清秀，曾在北京
学过化妆造型，后来不知为什么一心想来上海，并最终留在了这里。

在这个饭局上，我问了他个问题："为什么喜欢上海？"这大概是我
第一次问别人这个问题，很多年过去了，反而是很多人问我。

Niko说："几年前，我带了几千块钱，从上海到北京又回到了上海，除了这里哪里都不想去。"很多人来到这个城市都有这样或者那样的理由，只是有些人留下来了，有些人离开了。

多年后，我和另外一个好友黄瓜走在回家的路上，我问了他同样的问题，他头也没抬，轻描淡写又很自然地说，大概是因为安妮宝贝吧！

我怎么忘记了安妮宝贝？那个在我上学时陪伴我长大的写书的女子，尽管很多人说她做作，说她无病呻吟，可是在我心里她始终是那个人，就像那些青春记忆一般无法复刻。那年的上海和全国一样笼罩着SARS的阴影，我独自一人从武汉到上海旅行，心里只有安妮的上海地图，在淮海路的梅陇镇广场，我看到《彼岸花》里小乔和她见面的地方，那个甜言蜜语的哈根达斯就在对面；在上海体育馆附近，我找到书里那些男孩子在夕阳中打球的篮球场；上海老站餐厅、罗森便利店、法国梧桐掩映的老房子……这一切的一切就像是我脑中的烙印一般，仿佛来上海只为了遇见某某某。

我楼下也有一家罗森便利店，很多年过去了，那个女子搬离了这个城市，而我渐渐习惯了这样在上海生活，偶尔十点准时去隔壁的酒吧喝一杯长岛冰茶——这种看似清淡、柔和、味道诱人的冰茶其实下口顺畅后酒劲十足——这个习惯至今都未改过。我喜欢在第四个位置趴在吧台上抽烟，不出声地看Evan给我调酒，这个二十五岁的单身男子留着极短的头发，他熟练地在我面前调换酒的颜色，然后推到我面前，但他从不和我聊天。午夜一点三十分，三杯酒过后我从茂名南路步行回家，天空下起了小雨，速度轻缓，站在便利店门口抽West烟，此时刚好差不多是苏下班的时间，我就习惯性地在路口一直站在那里等着她。

有时候想想，年轻时的爱恋真好，说来就来，说走就走，不拖泥带水，仿佛世界就只有爱情一般。

其实我到现在也没有弄清楚上海人方言里的一些陌生词语，这些似乎变成了我与上海之间的一个过往，对于上海往昔的过往。

工作自然而然又不可避免，我清晰地记得我第一份稿件发表在青岛的《半岛都市报》上，当时稿费只有三十多块，这比我高中时的稿费还要低，可那时的我已开始懂得珍惜每一个机会。再翻开以前的那些文字，我惊奇地发现那个时候，我的创作欲望真是无比强悍，那些心情随笔，那些编造的爱情故事，那些时装评论都是在我一个又一个寂寞的夜里完成的。很快我的稿子越写越多，到2004年的时候我已经给包括《风度MEN'S UNO》《时尚先生》，以及后来停掉的《NEWAY华夏》等杂志撰稿，我一直天真而执拗地相信可以以写字为生，相信写作就像是喝水一样，离不开，丢不掉。

做SOHO在外人看来多么有意思，可在那几年我越来越发觉收入稳定的重要性，一旦杂志稿费晚发或者是其他我不可控的原因，我马上就会面临身无分文的窘境，这种窘境逼迫一向懒散的我决定去找一份稳定的工作。可讽刺的是，在我满怀信心投出简历后的一个月内，只有一家房地产的网站通知我面试。虽然心里有百般的不情愿，我还是赶了早上的公交车来到写字楼的门口，抬头看着陌生的高楼大厦，我沉默地走上去后又沉默地走了下来，心里那个声音如此清晰地告诉我要做自己喜欢的事情，于是我选择了放弃。

回家后我对苏说是他们没有录用我，苏只说没关系，依旧干着手里的活儿。在漫长的两年里，一直是苏的鼓励让我走到今天，有大家看到的所谓成功。

同时，我还做了一件现在看来都觉得挺牛的事情，因为Niko的朋友Leo介绍我获得了一份写剧本的工作，和一个香港知名编辑一起为陈宝国、袁立等大腕写个清宫剧本。那段时间我几乎以每天一万字的速度在写作，常常因为没有灵感烦躁不安，甚至和苏在楠溪江旅行的时候也不会忘记提醒自己要交稿子。虽然播出时没有见到我的署名，但那真是一段令人欣慰的辛苦过程，也正是因为这个剧本我第一次有了和苏分开的念头。

在苏毅然决然决定去重庆工作，而我则选择留在上海时，我就知道我们已经走到了岔路口。当时身上只有几十块钱，我耐心而焦躁地等待着那笔做编剧的稿费。其实如今的我怎么努力也回想不起当时的苦，或许早已烟消云散了。

去越南似乎是一个心愿，从上大学到毕业，刚开始是自己计划去，后来变成了我和苏两个人的目的地。2006年我们如愿成行，从上海到广州再到西贡（胡志明市的旧称）、芽庄、河内……一路穿过越南，从日出到日暮，我至今也不知道为什么。从越南回来后，我们的生活发生了一些变化，分开成了不可避免的结果。

我开始一个人生活，搬去别的地方。有了稳定的工作，在一家杂志社做编辑。

住在番禺路的五楼，小阳台的对面是一个校园，早上还能听到广播体操的音乐，我的脑子里一直回响着这样那样的声音，最终一切思绪毫无意外又出人意料地回到了苏身上。

我觉得自己真的很想念她，如同深入骨髓的血液，在分别的冬天重新翻涌，于是我和苏复合了，搬回原来的地方。我不仅开始了新的工作，也开始了新的恋爱，只是那个人还是苏。

感情故事总是这样百转千回，到头来我觉得都是一个样。爱来爱去似乎看不见尽头，永远好像竹篮打水一场空。与苏重新在一起的四年真是一段快乐的时间，苏买了新房子，我的工作一帆风顺，本来以为这平淡的生活会一直持续下去，直到我们老去，但某一天我们选择了彻底分离。我再次搬离浦东的房间，忘却了所有的前尘往事。

有时候想想，年轻时的爱恋真好，说来就来，说走就走，不拖泥带水，
仿佛世界就只有爱情一般。

那些爱过、恨过、牵挂过、想忘记的人如同电影

画面一样——浮现，清晰可辨。

我想说我热爱这座城市，也深刻地爱着你。

无论你身处何方，这些爱就像是太阳的起落，你终究会明白。

早安，上海 ⍼

和苏分开后的几年时间里，我开始了漫无目的的长途旅行，包括这本书里的所有城市。

上海实在是一个太过快速的地方，你可以在一年的时间里看到熟悉的咖啡店开业又倒闭，然后又有新的咖啡店填进来。现在的我早已经不会像六年前带着一个笔记本去IKEA的二楼喝一杯续杯咖啡加黑巧克力蛋糕，那曾经是我的最爱。今天不再做这件事并不是因为自己发达或者高级了，已经没有几个人不知道宜家的这个地方，当年那里还有小清新乐队在现场助唱，而今天更多的是大批游客和本地阿姨去那里无限续杯地喝着咖啡。

LV几年前做过的一个关于城市的旅行原声音乐，上海部分是陈冲在里面讲了一个关于她和这座城市的爱情故事，听她娓娓道来的那一刻，我猛然察觉上海也藏着一个属于我的城市爱情故事。虽然从大学时的懵懂到现在的独自生活只过去了七八年的光景，但似乎所有的东西都改变了。

旅行其实像极了恋爱。这些年我穿梭在不同的城市，晨昏梦醒，看过太多的日出日落。但每一次离开的时候，我都会习惯性地坐在窗台边看看脚下这座城市，那些爱过、恨过、牵挂过、想忘记的人如同电影画面一样——浮现，清晰可辨。我无处倾诉，只能靠文字来与灵魂沟通。不管我走多远，只要回到了上海，回到自己的小房间里，看着熟悉的物件，我的心便会瞬时安定下来。

现在是上海早上的六点零四分，这并不是一个我常会遇到的时间。但今天，此时此刻我写着这些过往，用简单的文字和复杂的心情和每个人说早安。窗外的太阳已经快要升起来，橘黄色的光芒仿佛下一刻就会喷薄而出，势不可当。我站在窗口大口地呼吸，我想说我热爱这座城市，也深刻地爱着你，无论你身处何方，这些爱就像是太阳的起落，你终究会明白。

第 2 章 ‥ ○○

绕着地球走半周

make

your

trip

悉尼——面朝大海，春暖花开 ⑪

还记得你第一次想接近大海的样子吗？内心是波涛汹涌还是平静无澜？

有很长一段时间，大海对我来说，都是一个遥不可及的地方。

因为父亲的一个承诺，让还在幼儿园的我对海产生了莫名的期待。那个有海的地方不知是否也如我一般喜欢自由自在的生活。记得每次中午午睡前我都会从母亲织的毛衣袖子上揪下一簇小小的毛，然后轻轻将它们吹散，看着它们慢慢在天花板上升起然后飘飘忽忽地消失在眼前，我才看着天花板慢慢睡了过去。

那个时候幼小的我一直相信在梦里，那些腾空升起的毛絮是有生命力的，然后在某一天积少成多的时候，它们便带着一个可以听到海浪声的海螺回来，让我能一直听着海浪敲打岩石和沙滩的声音。那时候，对于一个内陆的小孩子而言，大海还是遥不可及的地方。

活到了三十岁看过世界各地的很多大海，我深知那早已经不是父亲的承诺也不是儿时的梦，大海的美丽更像是一个真实版的梦境，跳进去便沉入海底。

不知道这能不能算是对父亲的一种失望，因为童年太容易相信长辈的各种承诺，只是这承诺随着时间的痕迹慢慢都变淡了。

第一次真正看到大海，已经是大学时的独自远行。

一个人坐在长途的绿皮火车上，整夜无法入眠。这个习惯在后来的很多年都没有改变。火车从武汉一路向着东南方开，转乘福州巴士途经福清来到莆田，最后一直到达靠海的湄洲岛。

一个叫鱼的人带我去了海边。

他个子很高，脸上轮廓分明，同我一样喜欢沉默寡言。我们相约一起去看海。

去往莆田的前夜，我和鱼住在福清山脚的小旅馆里。晚饭后天色渐渐变黑，两人一前一后地在山边步行抽烟，好像各怀心事。

在这个异乡的小旅馆前我们稍做停歇，手里拿着便宜且叫不出名字的啤酒，然后坐在月光皎洁的小山村里有一搭没一搭地聊天，最后我们竟然在山间睡着了。醒来的时候发现山上的光慢慢微亮起来，整个天空变成了橙色。

去往大海的路途其实有点遥远，在不知名的小车站换了一部车后一路颠簸，大概一个小时后，我终于看到了大海。

有时候人大抵就是如此，你太期待某一种东西，得到的时候反而失去了那一点小激动。也许因为期待得实在太久。这是久居沿海城市的朋友所无法理解的心理过程，就像是从香港飞往北方看雪一般，这些美丽通常都是遥不可及的。

租了车叫司机载我们去中间的小岛，飞驰的海上摩托车似乎要带我们深入海的中央，海浪和阳光拍打着脸庞看不清楚远方，我想这无边的大海究竟怎么样才能走到边际呢？

我应该是喜欢大海的，也喜欢和大海做邻居的城市。

这是我最初想去悉尼看海的理由，那真是一个面朝大海春暖花开的城市。

悉尼路漫漫

·
·

对很多人来说，悉尼应该都不会成为旅行的首选地吧。这座拥有大量移民的城市，没有时装也没有逛不完的商店，空旷得只有大海，无边无际的大海。

印象里的悉尼，除了独有的袋鼠、考拉外，也许就是那些在夜店不分昼夜播放的凯利·米勒了。

旅行的人都会有同样的体验，一座城市在记忆中的重要标志往往是超出了自然风光、电影以及旅行杂志的，到最后，只有人的存在才是最关键的因素。

如我这般。
于是，看好友Jimmy便成了我去澳洲最佳的成行原因。

和Jimmy认识那年应该是我在上海最为艰难的一年。
因为失业，我和苏常常会发生争执，不是歇斯底里地互相指责，而是令人胆寒的冷战，那种彼此视对方为透明的寂静每每想来都让我感觉害怕。

朋友介绍苏去了重庆工作，我却继续待在上海这座陌生的城市。
我开始想不起自己为何要来到这里，是喜欢这座城市还是城市里的
人？然而上海对我来说早已空空荡荡。

只因他说要请我吃顿好的，我便欣然答应了和Jimmy的饭局。我们在网
上认识数月，从未见过面，在这样一个冷漠的城市里和陌生人吃顿饭
并不是件容易的事情，好在那个时代的网络还很真诚。

白净的皮肤，高高的个子，有胡楂，语速缓慢，身上有淡淡的松木香
水味道，典型的上海男生，父亲几年前突然过世后，和母亲一直住在
周家嘴路，上学的时候成绩不好，也做过小生意，最后家人介绍去了
国企，却不愿就此碌碌无为地生活下去，正在经历一场青春期似的甜
蜜恋爱。

我们约在人民广场附近的兴旺茶餐厅。两个人像失散多年的好友一样
喝酒聊天直到深夜。

我们一生总会遇见很多人，但是未必每个人都能成为朋友。Jimmy和我
刚好是一见如故的那种。这样的关系很奇妙，我们可以十分默契地聊

到很多话题，不去探究对方心底的伤痛和失去。那种索取很难受，于是干脆忘记。

我问他为什么要去澳洲。他的理由听来简单，只是因为感情受挫便想离开，去一个没有人认识自己的陌生地方，一个离大海最近的地方。

那是2007年8月的夏天，Jimmy终于拿到了梦想中的签证。看着他孤单的背影渐渐消失在闸口，我在想，要有多么深的爱才让人决定抛开一切去远行呢？

只是记得那年夏天我们很多朋友经常会在一个叫Shanghai studio的酒吧买醉，然后抱在一起哭泣，是我们太过年轻还是太过孤独？

书上说孤单的人不远行，而远行的目的有时候不就是为了逃离孤单吗？在此之前，我的大部分旅行只是在亚洲的城市间奔走，这次选择去澳洲显然遥远了很多且问题重重。

首先，几万块的保证金对于月光族的我来说简直是天方夜谭，接着是有几十页的表格要填写。除此之外，准假信、薪水证明等一堆书面证明都是个大问题。拒签率是很高的，于是让澳洲的朋友寄来邀请信和他所有银行账户的公证，以够担保我在澳洲全部的行程都没有任何经济问题。然后在某个早上我带着像杂志一样厚的资料只身前往澳洲签证处，接下来就是等待电话调查。我敢说等待签证下来的过程和等待医院的病情诊断书一样难熬。

一星期后签证还是杳无音信，我有些按捺不住了，索性打了电话询问，对方告知我还要补充材料。先是去银行打印所有的收入证明，接着需要公司证明我的职位和薪水构成，媒体的身份也很重要，起码他们觉得我会写一些对他们国家有帮助的文字吧。

两个多星期后的下午，我终于拿到了我的澳洲签证。

Tips:

签证材料尽可能完整和真实，老外很看重真实性。

如果能够有澳洲的好朋友给你做担保，过签率会很高。

买一份旅行保险也很有用，虽然澳洲签证没有说明必须，但是对于自己而言也是一种安全保障。

2009年我再次申请澳洲签证的时候就非常容易了，不仅存款证明没有要，签证在三天之内就下来了，给的还是一年多次，所以看来诚信很重要。

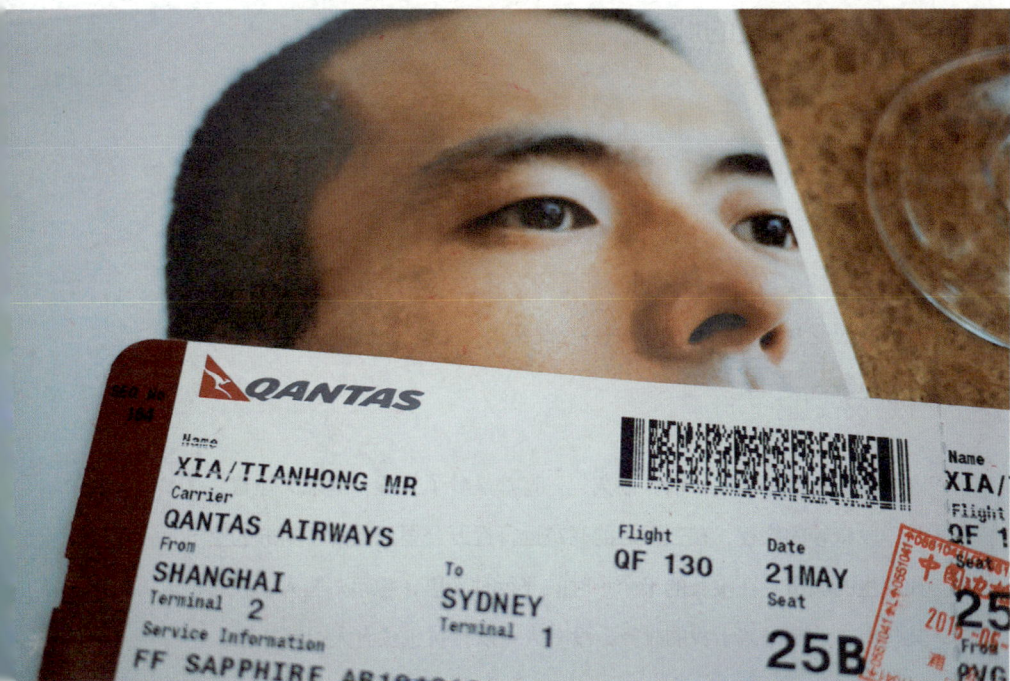

书上说孤单的人不远行，而远行的目的有时候不就是为了逃离孤单吗？

和大海做朋友的城市

·
·

飞往悉尼的一段路，整个机舱都已经安睡过去。我不知道自己身处何方或者思念何人，我又为何独自在此孤身飞行，是习惯了漂泊还是习惯了孤独？

这一路我觉得好似飞了很久很久，一直都是梦了又醒，醒来又睡着。这是一段奇妙的旅程，在三万尺的高空远行近万公里只是为了新鲜的空气和陌生的城市。在漫长的十个小时的飞行时光里，想起一些人，又忘记某些事，这都是属于我的时光，没有人可以打扰也没有人能够知道。

脑子里一直不断播放着蔡明亮的那部电影《你那边几点》，好像自己是抱着时钟坐在安静的电影院里，而机舱一如散场后的影院般寂静。

经过漫长的午夜飞行，我被窗户外刺眼的阳光叫醒，整个机舱弥漫着晨间咖啡的香味，再过一小时我就要抵达悉尼Kingsford Smith 机场了。

是有两年没有见到Jimmy了，远远地便看到他在出口处等我。因为整夜的颠簸，我看上去非常疲惫，眼睛像兔子一样地红，（小建议：长途飞行最好多喝水和带一个补水喷雾，另外，失眠者可以来点酒或者牛奶，隐形眼镜最好别戴。）但还是十分兴奋地拖着我偌大的行李箱对着南半球的阳光说早安!

悉尼机场并不算大却十分温馨。因为是早晨，所以到处都有浓浓的咖啡的香味。机场来往城市的交通非常便捷。除了火车、公共汽车到市区外，出租车也很方便，适合行李比较多的旅客。

从机场出来大约半小时就能抵达St.James火车站，出门便可以看到很大的教堂。因为曾经是英属殖民地，悉尼的很多建筑都保留了浓厚的英国殖民气息。经过一个很大的草地来到新南威尔士艺术馆，再远一点就是Jimmy的家了。

房间在安静的街道边，偶尔还能听到小鸟鸣叫的声音。租这样一家在市区的房子并不便宜。我放好行李去洗澡的时候深深地吸了一口气，陌生的感觉，陌生又亲切。

这是我到悉尼的第一天，我要在这里生活半个月。
认识一座城市并不是难事，难的是你如何融入其中。
作为游客，住在朋友家而放弃酒店是最好的选择，你不仅可以了解附近的超市、交通换乘、天气情况等，也可以与周围的邻居有更亲密的接触，等同生活在这里一般。

Jimmy家所在的woolloomooloo路位于一个港口边，港口叫woolloomooloo bay，经常有一些国外的驻军行驶往来。值得一提的是，澳洲、新西兰这些国家的人对健康生活十分自觉，中午一点多还有很多人在悉尼歌剧院附近的海边跑步。

他们对于大自然的热爱是发自内心的。
上帝给予了什么，我们就去珍惜这些美好的礼物。

如果你有机会来这里，不妨品尝一下Harry's Hot Dog。Harry's是悉尼当地的一家小咖啡厅。其实沿途路遇的咖啡厅并不少，但原始风味十足的店却可遇而不可求，比如这家Harry's。于是，我决定停下来吃点小点心。

这家老字号的热狗店位于港口边，价格实惠，味道诱人，据说很多名人都慕名而来，并且这里的营业时间也很长。阳光明媚的午后，一边吹吹海风看看不远处的海鸥，一边吃着热狗，也是个不错的选择。

我要了一份咖喱派，一口咬下去香味扑鼻。坐在海边吃完了整个咖喱派，心满意足地看着周围恬淡的风景。不得不说，澳洲的环境保护非常成功，即便是在市区的海域里都能够见到一群群的水母游来游去。沿着港口穿过皇家植物园就可以看到著名的悉尼歌剧院了。

第一次见到悉尼歌剧院我简直是兴奋不已，那是经常在电视里才能见到的场景啊，估计和老外初到长城、故宫的感受差不多。可是在悉尼住得久了之后便发现，虽然每天都会路过歌剧院，但常常连看都不会仔细看，便匆匆走过了。歌剧院的地理位置十分不错，并且悉尼人都说歌剧院只适合远观，近看反而不会有那么强烈的震撼。只是对于这样标志性的建筑而言，身处海边，通过夜晚随着灯光的明暗调节，我才发现这座歌剧院所带来的影像变化会呈现出一个色彩斑斓的悉尼夜色。

悉尼人真是爱极了大海。走在街上，最受人们欢迎的店铺莫过于一些沙滩品牌和拖鞋品牌。这样看似单纯而自在的生活方式，与其说表现出了澳洲人的乡土气息，不如说澳洲人的生活态度更趋向于对自然的回归。穿上拖鞋便可以走世界的潇洒感觉是在世界其他任何地方都很难实现的。

Tips:

Harry's Hot Dog地址：Cowper Wharf Rd，Woolloomooloo NSW 2011

电话：+610292112506

http://www.harryscafedewheels.com.au/

春暖花又开的Bondi海滩

- •
- •

10月的悉尼正值春天，而遥远的北半球已经开始进入秋季。虽然早晨的天气还有些微微的凉意，但一到中午气温就升了上来。大部分悉尼人有事没事都喜欢去海边溜达，晒太阳、散步、看书、听歌、吃饭、运动……仿佛所有的事情都是在海边完成。

于是我和Jimmy商量说一起去著名的Bondi海边晒晒太阳吧。渐渐地我发现，这是我到悉尼后最热爱的事情：背着包，装上iPod和喜欢的书，躺在沙滩上享受柔软的时光，一晃便是几个小时。快乐舒适的时间总是过得最快。

从市中心换车到Bondi海滩并不困难。在King Cross火车站坐到Bondi Junction后便有直达的车到海边。一路风景还很不错，在某个拐角处便有波澜壮阔的大海在迎接。Bondi曾经是世界所有极限运动爱好者的天堂，面朝大海的运动场地和无数的海滩让人不得不停下脚步。

沿着海边走是一条条开满鲜花的小路。悉尼人太受大海的恩赐了，很多游泳池都修在了海边并且连着大海，远远看去，蓝色的游泳池和蓝色的大海几乎连成一片，并且价格低廉。整个海滩都十分人性化地设置了淡水冲凉点，更有为养狗人士着想的大便收集器，并且都是免费的，也许这时我才明白与大海做朋友的真正含义，那是完全而无忧地全心投入并与之拥抱，这对于从中国来的我来说，简直有些不可想象。在这些旅游景点，不用担心欺骗和小贩的骚扰，也不必因为不合时宜的劣质店铺而坏了心情，每个站在这里的人只有一个想法，那就是与大海深情相拥。

悉尼是一个没有大餐的城市，食物也以汉堡为主，所以浅尝还行，大吃不可。这个中午陪伴我的是美味的汉堡和两大杯气泡圣培露。也许是因为长途飞行的疲惫始终没有散去，我独自在沙滩上睡着了。
梦中，我和苏在一个巨大的海边房间，那是某年的三亚海边。三层楼的小洋房里浴缸正对着大海，那儿离我梦外的悉尼应该很遥远吧。

那是我和苏的最后一次旅行。也许同居太久对于彼此已经感到乏味，突然有一天，苏大喊着说一起去看海吧。马尔代夫对于那时的我们来说实在太过昂贵，最后选择了去三亚。

那些彼此相偎的日日夜夜，我们听着黑暗的海水带来的巨大的海浪声和对方沉默而激烈的心跳声。仿佛所有的言语都失去了光泽，唯有亲吻与爱抚能让我和苏感受到对方深刻的爱。没有人知道明天会发生什么事情，也没有人去猜测是紧握双手还是彼此分离，没有人知道。在三亚的每天晚上都会下一阵小雨，我们紧紧抱在一起睡着了。

那是一种与生俱来的默契，不用言语便可以很舒服地躺在一起。

苏时常抱怨我喝酒，直到今天我也很难改掉这个习惯。也许我自己始终喜欢活得虚幻一点，用她的话说是醉生梦死，起码在梦里我们还是快乐的。突然间我被巨大刺眼的阳光所惊醒，梦外依然是巨大的海浪声音，这是Bondi的声音。

在这样的海洋里游泳看来真有些奢侈，似乎人会变成一条条自由呼吸的鱼，放弃思考和愿望。

我们决定往海边的小山上继续行走。

Bondi除了大海优美外，这里还有全世界相当知名的几所好学校，所以很多世界各地的学生会经常在此出没。小岛干净又整洁，很多小店铺和咖啡馆都开在其中，很多不愿待在学校的学生拿着书戴着墨镜在太阳下发呆或者看书，日光之下几乎无事可做，我甚至怀疑这里的人是否需要工作。

沿着山间小路一路向上，Bondi的样子渐渐清楚了起来，成片的人群和花儿组成的Bondi海滩分外漂亮，沿着海岸线错落有致地分布着高级住宅，是城市中的人为自己在海边特别安置的独家别墅。

和大海做邻居应该是很幸福的事情吧。

Tips：

Bondi的北边Vaucluse区域是悉尼最后一个保留19世纪港口的庄园，每周二至周日都会开放，哥特式的建筑分布在占地十公顷的绿色花园之中，除了大海之外，这里十分值得一去。

．
．

没有人知道明天会发生什么事情，也没有人去猜测是紧握双手还是彼此分离，

没有人知道。

这时我才明白与大海做朋友的真正含义，那是完全而无忧地全心投入并与之拥抱。

在Campos喝一杯热拿铁

·
·

十分喜欢在清晨喝拿铁的感觉，香浓又不太伤胃。咖啡的味道和香浓的牛奶奶泡混合在一起慢慢下咽，整个体内都倍感温暖，其他地方我不了解，但悉尼最好喝的拿铁莫过于这间店铺了。

这也是我喜爱拿铁的真正原因，从这家位于New Town的Campos咖啡店开始。

很久以前，在旅行书上看到说小小的咖啡店就在街角，一般人去New Town经常会错过它。传说这家店是很多咖啡师的梦想地，也是悉尼最好的咖啡馆之一，于是我下定决心一定要去New Town喝杯拿铁才离开。

下了火车沿着路边一路走下去便会看到各种奇装异服的人在此出没，不要奇怪，这是New Town所带来的惊喜，无数的时装达人、布波族、街头艺术家都在此混迹。这里是学生和外来移民的天堂，听上去有点混乱可又是这城市最真实的写照。风格鲜明的古装服装店和人文气息浓郁的书店遍布整个New Town，无论你是时尚的潮流爱好者还是浪漫的文艺青年，都能在这里找到你想要打包带走的礼物。为自己挑选一件属于这座城市的物品，把记忆锁定。相对其他街区而言，我更喜欢New Town的文化气息和穿衣风格，在这里除了可以淘到很多不错的小玩意儿外，甚至还能吃到很多非常地道的泰国菜。

找到咖啡店并不困难，就在转角的巷子里。因为店家太过随性所以很多时候它都不准时营业，以至于第二次来这里的时候我就吃了闭门羹。这更让我对这杯热拿铁充满了期待。在街角等待店铺开门的时间一点都不无聊，周围总是有令人心情大好的风景——翘课的男生在那里一句句地唱着自己写的英文歌；路边咖啡店里的情侣则在互相喂食巧克力蛋糕，在南半球金色的阳光下一切都是这么和谐又温馨。
终于拿到了期待已久的拿铁，不愿闷在店里，而又重新回到门外，一边抽烟一边发呆。仿佛时光能在这一刻奢侈地停留，但我又常常想，时光这样安静而无忧地在咖啡的香味与烟灰的陨落间流走也算值得了。放空自己，我甚至忘记了所有的往事。

在Campos周围的潮铺是不可错过的，这里几乎囊括了世界上最炙手可热的设计师的代理店铺。

离开New Town不妨去著名的情人港看看，在那里喝一杯啤酒，要是时间还早，可以步行去不远的鱼市场，这里绝对是你来悉尼的必去之处，超级无敌大龙虾和非常新鲜的生蚝都值得体验一下，并且价格绝对公道。这个世界上数一数二的鱼市场除了每天供应悉尼乃至澳洲的新鲜海鲜外，还行销海外，如果早一点儿来到现场，更可以吃到最新鲜美味的海鲜。十只装的新鲜生蚝也不过几十块人民币，只是这美景美食我却无从与人分享。

去往New Town街区主要是想喝全澳洲最好的咖啡，可惜运气不好，那天是澳洲的法定假日，咖啡店早早打烊了。在街角遇到了这家Maple，其实这整个街区都有很多不错的店铺，因为住了很多G和L，还有很多艺术家和街头艺人，到处可见的涂鸦，就连买蛋糕时服务员都会调侃地问我和我朋友是不是一对。Maple装修十分精致，并且有些法国情调，不过货也很杂，像一般的Lee之类的也有在里面售卖，只是货品很全很新，所以也十分受欢迎。

只属于夜的城市

·
·

有时候，我喜欢的悉尼是只属于夜晚的。

在城市里，你无法回避任何一个眼神，那些都是寂寞的影子。

每个城市的夜晚都有不同的味道，悉尼的味道是什么？

我在深夜十一点十七分的牛津街头问着好朋友。

我们一路开车往山坡前行，整个城市被抛在了身后。我和好友站在山顶看着这个寂寞的城市，不远处的歌剧院和大桥灯火通明。车厢里有啤酒，一人打开一瓶站在山顶吹着冷风喝啤酒，好朋友不怎么抽烟，为了陪我也点上了一支，我们有一句没一句地道家长里短：

"还是一个人吗？"

我点了点头。

"和苏还有联络吗？"

我摇了摇头。

拿起了手中的啤酒和他碰了一下，默默地抽起了手中快被夜风吹灭的烟蒂。

让我想想苏的样子吧？我努力地想，努力地想，却好像很模糊，那是我努力用时间忘记的样子。如果此时一定要我说出喜欢苏的原因，我想一杯长岛冰茶会不会更加适合？

那是综合了各种酒精的味道，名字好听，入口顺畅，酒劲十足。可不到几分钟后你会发现酒劲上来了，你晕了，整个世界也跟着晕了起来。

来山顶喝酒的并不止我和jimmy两个人，很远地我就看到了她，一个人站在角落里，车里隐约传来电台的老情歌。Jimmy指了指旁边的女生说长得还不错哦。可是，我看着她忘记开场白要说些什么，我只记得她的笑容，当时的感觉应该也是如同喝了长岛冰茶一样晕眩吧。

旅途里，你一直在遇见一些人，一些可以短暂拥抱的人，可以某一刻交心的人，可以推杯换盏的人，可以互相倾诉的人……可终究你会发现，你不太会遇见想要在一起的人，也许因为我们都在路途中，其实根本找不到彼此。

她向我聊起自己的时候，我有些被吓到了。她的名字是CY，天秤座，上海人，来悉尼已经十年，在银行工作，离婚两年多，生日竟然和我是同一天。

见她的第一眼我便知道她是我喜欢的类型，好像是那种掉在空气的灰尘中的味道，淡淡的酒精和洗发水的味道，熟悉又亲切。我深信那个深夜的悉尼夜空里弥漫着这特别的味道。

不知道CY是不是喝多了，她醉倒在我的怀里。

我轻轻吻了她的额头说我要走了，我只是这个城市的过客，想要上山来看看风景，风景真的太过美丽。

总有一些人怀揣着难以启齿的过去，却不知已经在这漫长的旅途里迷失了自己，而另外一些人却在不断地遇见新鲜的人，在每一段感情里都渴望重新开始，最后却丢掉了手中的指南针。

和这个陌生女子道别后，我昏沉沉地钻进了Jimmy的车里。电台里播着我从没有听过的老爵士歌曲，我看着后视镜里越来越远的CY和夜幕将止的悉尼，对着窗外的城市默默地说了一声：

晚安，悉尼!

总有一些人怀揣着难以启齿的过去，却不知已经在这漫长的旅途里迷失了自己。

墨尔本——别说你不快乐 壹

那日我们开车沿着海岸线向前行驶。

一路的天气变化莫测，时而风雨交加，时而阳光灿烂，电台里播着约翰·列侬的老歌。

在这条被旅行杂志评选为世界最美丽的海岸线上，我们跟随着雨后的阳光寻找彩虹的方向。

我和苏都没有说话，她默默地开车，而我则拿着啤酒靠在窗户边。

车子最终停在了一个小港口，天气刚好放晴。墨尔本的冬天，我颤抖地拿着Crowen啤酒看着远处翻滚的鲸鱼，苏点起了一根烟站在我的身旁。我们依然不需要说话，只是依偎在这般寂寞的海边，鲸鱼欢快地在海浪里翻腾跳跃，约翰·列侬的《Image》从车中传来，阳光静好，时间如同停止一般，我想人生也不过如此吧，就算现在让我死去，也无憾了。

这是2008年冬天，墨尔本的大洋路。
书上说如果你没有去墨尔本相当于没有到过澳洲一

般，真有这么夸张？然后我不信邪地上路了。

其实去墨尔本旅行是一个原因，重要的是苏刚好和同事来出差，我们可以在墨尔本短暂相遇。

Jimmy因为还要上班，无法与我同行，于是只能是自己去订机票，靠着不太熟练的英语独自前往。以前在东南亚，我的英语加比画勉强还算过关，但这一次要自己摸索到机场，然后再去墨尔本的酒店和苏碰面，一想到就觉得心慌慌的！

之前已经查好了各种攻略，悉尼飞墨尔本倒是不远，并且澳洲境内有很多廉价的航空可供选择，其中Jet Air相对是非常便宜的，唯一的缺点是它单独在阿瓦隆机场，那里以前是军用机场，现在成了Jet Air的大本营。

一大早便收拾好了行李，带上熟悉的ISSEY MIYAKE香水，书上说熟悉的香水味能够给人安定的感觉。包里还有经常看的书，这些书读了很多年，反反复复，总会重新带上路。已经不会从头开始，随便翻到哪一页就能够读起来，甚至重复买她写的同一部作品的不同版本，字字句句都装在心里，就好像她说过要慢慢地喝水，喜欢深夜去上海的罗森便利店……看着看着我便靠在窗户边睡了过去。

只是很短的时间，再睁开眼却发现飞机已经准备在机场降落了，这时候我才有了一些真正的兴奋感。阿瓦隆机场不是一般地小，因为这里只有一家航空公司，地处郊区，机场外围除了停车场就是荒凉的草地。不过麻雀虽小五脏俱全，从小咖啡店、书店，到租车、旅游资讯……一应俱全。

特别想告诉想在澳洲租车的朋友，最好把国内的护照提前翻译一下，虽然有时候他们也不仔细检查，说不定可以蒙混过关，但是信用卡是必需的。

澳大利亚的国内租车体系很发达，甚至可以异地还车，只需要在网上提前预约，还车的时候保证车子整洁，加满油就OK了。切记！诚信！否则下次他们真的就不会租给你了。

我在机场买了去市区的往返车票，这样比单程要划算很多。大巴司机十分热情，偶尔兴致高起来还会在路上简单介绍一下景点或者最近的天气，不过也都需要靠运气和你的好人缘。

说到运气，我在墨尔本的运气就有些欠佳。乘车去BUS中心，找苏会合，因为有同事在身边，所以我们都刻意地保持了一段距离，看起来更像朋友而不是情侣。苏还是迷糊中的随遇而安，长途飞行更是不在话下，因此下飞机后她显然刚刚睡醒，擦擦眼睛便精神奕奕。

我们一起起程前往旅馆，一路风景十分美好。墨尔本没有悉尼那么现代，看起来更像是一座欧洲的城市，各种古老的建筑交错而建，甚至可以在市区里看到马车在悠闲地前行，这大概也算得上墨尔本的特色了。对于澳洲人而言悉尼是经济中心而墨尔本则是文化中心。

早在1840年，墨尔本便有大概一万名殖民者来此开采金矿创造财富，一直到"二战"以后墨尔本陆续被大量的移民和各种文化充斥，这也造就了墨尔本独有的殖民式文化建筑风格，同时这座移民城市也带有极强的包容性。就澳洲当地人而言，悉尼人看不惯墨尔本，同样的墨尔本的居民也觉得悉尼除了经济之外没有任何文化氛围。但我要说的是，墨尔本真的是一个任何人一来到便会喜欢上的城市。古老的历史和现代的文化交相辉映，包容的艺术气质淋漓尽致地体现在大街小巷。

我和苏的旅馆是提前在网络上预订好的。

穿过两条安静的小路，路边小排别墅样的房子一字排开，开得正艳的花儿密密匝匝地点缀其间，透过阳光，我甚至觉得这些五彩斑斓的颜色美丽得有些刺眼。

三层楼的小旅馆，温暖又时尚，随处可以看到很多艺术家的作品，富于色彩感的装饰分布在整个走廊和客房，各种涂鸦把走廊装饰得绚丽夺目，我的房间位于三楼的拐角处很容易找到，苏和同事则住在二楼。

一走进房间我便知道这是我会喜欢的旅馆，干净简洁又贴心。桌子上整齐摆放着《VOGUE》等时装杂志和书，还有葡萄酒供客人享用，当然，酒可不是免费的。

整个房间以白色调为主，主卧和洗手间也不例外，虽然面积不是很大，但是让人感觉十分温馨。不知道从什么时候开始，我喜欢在旅行的房间里点上熟悉的香枝或者喷一点香水，KENZO、欧舒丹的薰衣草香枝，这是在家里常可以闻到的味道，而此时异乡的早晨因为房间里弥漫着家的香味，我突然感觉那么安定。

说起来，我已经是第二次住这家旅馆，对它的热爱显然已经超出了平常。2008年，我第一次来墨尔本的时候便是住在这里，如今重回墨尔本依然是没有改变。房间在靠街的一边，早上天气好的时候阳光透过白色的纱窗帘照进来，最后落在窗台的书本上，仿佛一切还是当初的样子，只是时光早已慢慢地消失了。

洗过热水澡后，我和苏短暂告别，因为工作我要独自去找好友Nick和他的女朋友。Nick是几年前回上海时给我们《1626》杂志拍过照片的模特，家境殷实却独自在国外过着勤俭的生活。今天主要是让他带我去探访属于墨尔本的潮流街区。

墨尔本的潮流在全球虽然不算数一数二但也自成一格，如果你有机会在路边的咖啡店买一杯当地的拿铁坐在那里，只要一个下午你便能发掘出很多有意思的路人。大量的艺术家和潮流时装达人居住在这座城市，墨尔本古老文化气息中充盈着浓郁的欧洲元素，某个瞬间，你仿佛可以感受到维多利亚时期的文化。

Nick带我去了两家店铺，第一家店Some Day位于Collins街的一栋古老大楼里，一进门便是电影中才能见到的老旧的电梯，我猜它大概有近百年的历史了吧。老电梯和墙壁上贴满了各种唱片和活动的海报，Nick说很多艺术家和演出信息，甚至咖啡店、书店都隐藏在墨尔本这些古老的房间里。

Some Day使我对澳洲潮流有了全新认识。进门后，店家听说我从上海来，很自然地问我ACU和陈冠希，这让我在异乡的街头颇为吃惊。这家以全新概念性质而开设的小店，低调地藏在墨尔本的Prahran这样一座古老的建筑里，如果不是特定的潮流人群，那几乎无法察觉到它的存在，而其实，当地的很多时尚杂志里经常提到它。相对一般的店铺，Some Day更具有文化感，因为它更像是一家画廊展馆，陈列着PAM和他的朋友们的一些作品。集中了大量日本、中国香港的品牌，像NEIGHBORHOOD、COLT这些在Some Day内都可以找到。除此之外与潮流艺术相关的书、唱片也是Some Day的特色产品。

和Some Day不同的是，Order&Progress是位于它隔壁的另外一家以独立设计师为主的潮流铺，它们的产品都是从巴西甚至更远的地方精挑细选出来的独特品牌，还有各种来自国外的现代饰品。但实际上，这里是各国独立设计师的新宠，许多本地以及其他国家的独立设计师的作品都十分受到店家的喜爱。这家2005年开业的店铺一开始就是把自己定位为独特、前卫，它们一直在留意那些当代有活力的品牌，而不是满大街随便哪里都可以买到的货品。Order&Progress的店铺设计十分舒服，整体以木质地板和简约的北欧家具为主，而陈列则完全符合了店主随性的风格。

创意不安于室，这是我对墨尔本的第一印象，从设计型的小酒店到隐于市的潮流店铺无一不体现了这个城市极强的包容感，各种有趣的人都能够在这里被发现。

Tips:

MEL酒店：http：//www.thealbany.com.au/index.php

Some Day和Order&Progress地址：LEVEL 3 CURTIN HOUSE 252 SWANSTON ST

Order&Progress店铺部分照片提供：Catherine Martin（the co-owner of Order&Progress）.

.
.

仿佛一切还是当初的样子，只是时光早已慢慢地消失了。

Collins街的拿铁味道

-
-

每个城市都有属于自己的Icon，那么来到墨尔本一定不能错过的就是Collins街区。走下电车的那一刻，仿佛身边所有的景物都活动了起来——街道两边是整齐的法国梧桐和鳞次栉比的高级百货公司大楼，不时还会有几辆马车从身边经过，各种奢侈品店也同时琳琅满目地排开在街道两侧。我和Nick沿着路一直走到了拐角的Swanston 路口，在街边的这家Lincotrol咖啡店买了一杯热拿铁，然后抽起了烟。

10月的墨尔本，天气还有点微凉，澳洲的拿铁带着自己独到的风味，少了几许奶香味却浓了几分咖啡和巧克力的感觉，一口下去先是奶油慢慢地在口中融化，接着很快整个味蕾便慢慢地被咖啡的丝丝苦涩所包围，最后浓厚的巧克力和咖啡混合在一起然后完全融合在口腔里。这真是十分奇妙的味觉旅行，如果时间充裕，不妨再来一块起司蛋糕，配合着这样的天气和城市，真让人回味无穷。

隔壁桌子喝完咖啡的人走后，很快便来了一群鸽子停在客人吃剩的食物和咖啡边。它们离我大概只有不到半米的距离，而且完全没有害怕我的意思，甚至准备朝我的桌子悠然地走过来。我戴着大墨镜和Nick在Swanston路的街边晒着太阳，和这群调皮的鸽子共度了一个不错的上午。

喝完咖啡再一路往下逛，突然邂逅了Russell街和Collins交会处的一个漂亮教堂，这是1873年所建的苏格兰教堂，而旁边则是建于1866年的圣马可联合教堂，两处都是典型的罗马式建筑。苏格兰教堂、圣马可联合教堂与雅典娜神殿剧院在此组成了一片很宏伟的建筑群，远远地沐浴在墨尔本10月的阳光中。

由于时间原因，我只去了圣马可联合教堂。除了宏伟高大的建筑，我实在惊叹于建筑师和艺术家的精湛创作，那些色彩艳丽的玻璃彩绘，每一张都是《圣经》里的场景。虽然我并不信仰基督教，但在诸神面前，依然沉默地保持着对神灵的尊敬和谦卑。我一个人背着包默默地、默默地往前走，直到教堂尽头离耶稣最近的地方，十字架上的他不言不语。而此时教堂外是车水马龙的墨尔本街头，一墙之隔便是两个世界，我不由自主地低下头默默祈祷。

从教堂里出来，一路向下走便经过了Yarra河，我和Nick一边抽着烟，一边有一搭没一搭地说话，他说要等女朋友卡门一起到河边的店里喝啤酒。我一直觉得有水的城市都有一种灵性，那是城市与自然无法分割的关系。城市里的人必须和它在一起生活，从生至死。

世界上最美丽的海岸线

·
·

如果你走遍了世界而刚好错过了墨尔本的黄金海岸，我敢拍着胸膛说你一定没见过最美丽壮观的海岸线。

所谓的美丽壮观除了危险的沿海公路外，壮丽的十二门徒以及海岸线的无数植物还有吃着草的羊群慢慢地在你车边经过，这些都组成了一道风景。

大洋路的美丽其实一直人所共知，只是因为交通的不便而鲜少有游客自己想开车到此。据说是为了纪念参加第一次世界大战的士兵，许多工人和参战老兵修建了这条著名的大洋路，但我至今也没有查到当时修路的真正原因。

但凡来过大洋路的人都会因为这样一个造福后代的伟大工程而叹为观止。大洋路位于墨尔本的西部，最早的时候这里是火山带，经过几千万年的变化慢慢形成了无数的火山口湖泊，密密麻麻地分布在大洋路的附近。因为路途危险，最大的坡度据说有二百八十度的转弯，所以这也是对司机的巨大挑战。

要看到美丽的风景绝非是静坐在城市可以做到的。

大部分的澳洲人都会选择自驾游去往大洋路，一般是一天或者两天的行程。两天的话需要很早起来出发沿着A1公路去往高速，经内陆直接可以抵达大洋路的最西端，然后在离瓦南布尔镇东部约十二公里的地方，开始悠游自驾，最后途经大洋路的终点慢慢折返回墨尔本。在这两天的行程里，你还可以慢慢悠悠地将车开到一个小镇上住一晚，第二天直接到十二门徒看日出，然后沿着大洋路返回墨尔本市区。两种方式我都走过，如果时间允许，我极力推荐想要畅游大洋路的人采取第二种旅行方式，那将会成为你一生难忘的海岸线之旅。

如果还有一丝记忆，又或者不想忘却的话，很多时候都必须打开记忆的门重新翻检出来看看里面都藏了什么秘密，我的大洋路安静地躺在那里，那样波澜壮阔又波澜不惊，矛盾至极。

我和苏并排坐在车子的后面，开车的朋友是苏公司里的印度人。

我们一路从高架直接出发去向陌生的Torquay小镇。其实澳洲的小镇看起来都差不多，很少的商店和人口，很多去往大洋路的人都会将这里作为歇息的第一站。我无法想象此时此刻十万八千里外的上海该是怎样的。

在路边的小餐厅解决了午餐，澳洲的传统食物Fish and Chips，也就是炸虾和鱼块，有一点类似麦当劳的麦乐鸡，只是食材换成了海鲜，配上特制的酱料下口十分美味，要注意的是很多餐厅的酱料并不是免费提供的。这样的美味配上一口冰可乐，真会让人感觉十分满足。可是满足过后，几顿这样吃下来我总觉得少了些什么，没有米饭，也没有一碗热汤，更不是油盐酱醋。饮食真的是一门有趣的学问，只是看看《饮食男女》里那些男男女女便可知道中国人对于饮食的热爱。很多人说和外国人谈恋爱简单一如眼前的食物，而我们呢，各种味道全在心里。

午餐过后，一路向前行驶了大概一个多小时，海边的天气有时候真是变化莫测，前一分钟还是乌云密布，过了几个路段后便可以看到阳光普照，接着不远处又是一片乌云下着雨，在这长长的海岸线里看到气象的变化真是十分奇妙。

转眼就到了著名的Split Point灯塔。远远地，我看到一个白色的灯塔竖立在那里，很像某些韩剧里经常出现的情节。这座灯塔建于1891年，塔身上有一个铭牌，是1991年落成百年时专门安上去的。据说一直到今天，灯塔依然在为附近的海域工作着。沿着灯塔朝下步行下去有栈道，周围开满了白色的花朵，我一个人戴着耳机朝着海边走去。那些花儿并没有什么味道，只是在海风袭来的那一刻，你会感觉花瓣都随着海风的波浪抖动着，如同有了生命一样。苏下了车跟在我的后面，我们就这么一前一后地站在岸边，两个人只是安静地看着眼前没有边际的海洋，没有说话。

听一首齐秦的《丝路》会不会更加合适？看不到边际的海岸线和他的声线连成了一片。

因为毕竟不是长在海边的南方人，所以我其实并没有见过很多灯塔。记得小时候常常去钓鱼钓虾的池塘边有一座小小的水塔，便一直误会它就是传说中的灯塔，既无守塔人也没有需要指引停泊的船只，但就是这样固执地把它当作灯塔来看待，常常想约小伙伴去里面探险。也许就是那种幼小的探险精神，一如灯塔的作用。仔细想来，这灯塔就像是我小时候对于探险世界的全部想象吧？只是那个世界对小小的我来说还大得很。

这座大洋路上的灯塔是可以参观的，只是有时间限制并且需要交纳一定的费用。我们去得不巧，没有赶上灯塔开放，只好到边上的小店喝起了咖啡。

说起这家小店还很有意思。澳洲的很多景点都有类似的休息处，百花缠绕的一座小别墅，宽阔的草地，闲适的桌椅放在草地上。小店除了咖啡和甜品外，还出售一些当地特有的纪念品，且价格公道。比如小型的灯塔模型、手工糖等都是带回去送朋友的不错选择，很人性的是这种偏僻的小店还可以刷信用卡。

我和苏固定地点了拿铁和红茶，懒懒地晒起了太阳，时间就好像这样开始被浪费了起来，如果不是师傅提醒，我们真的不想离开这里。

离开灯塔才是大洋路壮阔的海岸线的开始。远远地，我们看到巨大的草原和成群的羊在身边奔跑，幸运的话还能碰上袋鼠在金色的阳光中跳跃。苏惊呼，怀疑自己是不是在看旅游观光片，因为眼前的一切是那么真实而遥远。

我们没有下车，所以那些无法触摸的景色也只能全部记录在相机里。我带了胶片机在这阳光之下一路拍下去，也许某一天我想不起这样的景色，也想不起这样的心情，但有了这些光影，便有了打开所有回忆的钥匙。

苏靠在窗户边看着我，像一只不动声色的猫依偎在阳光里，车子的电台里播放着我们最爱的歌曲，Chris Garneau的*It's Almost Christmas*。

因为太过迷恋大洋路的美丽，2009年我又一次来到了墨尔本。开车的是与我同月同日生的人，因为缘分还有Jimmy和一个朋友一起从悉尼来到此地，我们一如2008年一样开车前往大洋路，不同的是我们在去往大洋路的前一夜在陌生的小镇住了一晚，旅馆是提前在LP上查询预订的。这是一个人口稀少，靠打鱼和观光为生的小镇，几乎看不到亚洲人在此出没。两层的小阁楼酒店公寓，阳台正对着茂密的丛林，我们到达的时候却意外地下起了大雨。

晚饭结束后，我们几个人买了酒在房间里聊天直到天明。也许真的像书上说的那样，同一天出生的人会有莫名的亲切感，我们常常会有感同身受的体验，同样脆弱，同样喜欢四处游荡。后来我常常想，如果在同一座城市，不知道我们会不会成为很好的旅伴。

从大洋路一路往下开很快便抵达了著名的经典十二门徒，这里几乎汇聚了大洋路所有的精华。

"路加记载：那时耶稣出去上山祷告，整夜祷告神。到了天亮，叫他的门徒来，就从他们中间挑选十二个人，称他们为使徒。当时跟随耶稣的人很多，但他只选了十二个。正像昔日神要基甸挑选国中壮丁出去与米甸人争战一样，在三万二千人中只挑选了三百人。被选上的人是何等蒙福！与主同行同心，三年之久，朝夕得听他的教训。主又称他们为使徒，给他们尊贵的职分。他们本是平凡无学问的小民，然而主亲自到海边去呼召西彼得、雅各、约翰；到税关上去呼召利未马太；要他们撇下世界的一切，背起十字架来跟随他。"

耶稣原本有十三个门徒，犹大因为出卖主人，被逐出山门。于是忠诚的十二门徒被后人传颂了下来。墨尔本的大海缔造了这个奇迹，十二块巨石兀然伫立在惊涛中，远远望去仿佛十二个顶天立地的巨人，于是后人把这个地方称为十二门徒。由于自然风化，原本的十二门徒也只剩下十一个了。

在澳洲你完全不必担心门票等收费，哪怕是这么宏伟的十二门徒也都是免费参观。停好车子，我们四个人穿过寒冷的风口朝海边走去，耳边全是呼呼的风声。渐渐地，整个海岸线被拉扯成了一个一百八十度视野的天空，一座座门徒石块屹立在波涛汹涌的大海中，让人倍感震撼。四周安静极了，除了海浪拍打岩石的声音就是海洋深处蔚蓝色的呜咽。

时间已经近黄昏，整个十二门徒被落日的余晖染成了红色，我们并排站在那里，一动不动，远远地你还能看到几头鲸鱼在那里翻腾着。我在想，就算是死在这里，人生也不过如此了吧。

回墨尔本的路上我昏昏睡了过去。

醒来的时候已经是快晚上九点了，约了Nick一起去他打工的日本铁板烧店里，几个人在异国他乡喝起了小酒。苏是不太喝酒的人，偶尔抽抽烟。喝了清酒的我脸颊发烫，苏提议说不妨去看看墨尔本的上空吧，这让我想起了那年一起去看曼谷的夜空。Nick因为还有事并没有同行，我和苏一起站在了墨尔本的电视大楼顶端，整个墨尔本便光彩夺目地出现在眼前。有时候我很难理解自己的这种爱情观，只是安静的两个人，无论是在海边还是在这空旷的城市里，安静的两个人并排的感觉，说来好笑，这种并排还有了延续，回去的时候换了旅馆，为了第二日赶回悉尼的早班机。因为Jimmy并没有帮我预订上旅馆，苏陪着我深夜一点走在墨尔本的街头，我至今记得那场景，我们找了一家又一家的旅馆，全部没有房间，最后我们只好一前一后地走在午夜墨尔本的大街上，不知道去哪儿，当然，最坏的打算是和苏以及她同事一起将就了，最后真的是这样。

我时常觉得，大洋路就像是一场梦，在那里可以看到点缀着羊群的大草地，可以看到夕阳笼罩下的十二门徒，可以看到雨后架起彩虹的海岸线……只是没有人能够明白这美景背后的孤独，那是我和苏，我和你的一段距离。

再也没有人想去了解，再也没那样充满了颠簸与冲击的心情，就这样晃晃悠悠来到梦中的墨尔本，在梦里的墨尔本，晚安！

.
.

四周安静极了，除了海浪拍打岩石的声音就是海洋深处蔚蓝色的呜咽。

东京——相见不如怀念 凸

东京的颜色

·
·

没去东京前，我一直以为东京只是一张颜色素雅的文艺照片，其实不然。无论是鲜红的神社还是天蓝的和服，你几乎可以一眼便看到一个色彩斑斓的东京，哪怕是路边居酒屋的藏蓝色帘布都令人无法忽视。也正是这么多的颜色才会让来过东京的人迷失在这里无法自拔。

东京人对于颜色的喜好到达了一个偏执的地步。与其说偏执，不如说是某种意义上对于古老色彩的保留。从和服的缤纷绚丽延伸到现代街头争奇斗艳的撞色上，传统与时尚都被浓浓地浸染着。想一想我的东京应该是什么颜色的呢？灰白色的旅馆床单还是黑色的行李箱？

我想，在你略显忧愁的影子之外，我的东京旅程应该是金黄色的。

一路从明治神宫往青山道向上，满眼都是银杏树的金黄，散落在整个街道上，这是初冬季节最迷人的时刻。我发现自己什么都不用做，什么也做不了，只是买一瓶干净的水默默地走到明治神宫那悠长的林荫道上，安静地戴着耳机，整个世界就这样安静了。

十年一觉东京梦

·
·

如果可以，你是否能够清晰地记起自己第一次看到日本漫画的样子。

那年我才十岁，正读小学，每天有一元五角的零花钱，对街边花花绿绿的杂志也只是一知半解，更不要说什么叫作出版期，唯一的接触仅仅是每个月两次固定地去我们小镇的书摊买一本叫《画书大王》的漫画杂志，这几乎是我所有关于夏天的美好记忆。

那真是一个又一个漫长而无忧无虑的假期呀，我记得。
当时夏天应该也没有这么热，我一直保存着那仅有的一块五毛早餐钱买来的奇遇和幻想。在这本漫画杂志里，我和小恐龙阿奔去到了广阔的非洲草原，又和乱马一起漫游在危机重重的四川丛林，最后的目的地是东京。这座遥远的城市对于小小的我来说是如此美好，却也那么遥不可及。这所谓的距离不是地域上的，更多的是心的距离。

尽管多年后，长大的我终于了解到那不过是一本影印版的日本漫画书而已，可是它带给我的奇幻想象和关于日本懵懂的认知都是那么深

去，你的旅行

刻，它几乎承载着我对日本最初的梦想和愿望。你很难相信一个国家对于你人生的选择有着多重大的意义，哪怕是今天看来你也是无怨无悔。

那些与你在漫画中度过的夏日依旧清晰，闪耀着明亮的阳光，包含着盛大的雨季，记忆的炎夏从未跟随你离开的脚步走出我的漫画故事。漫画=日本东京=苏的记忆，我知道她早已在我的生命中。

当《东京爱情故事》成为我们青春中一抹不可回避的色彩时，这座名叫"东京"的城市已开始用她独特的方式进入我们的视野。有时我想，对日剧、漫画中的世界的热爱，很大程度上是因为我们对未来世界的无知，那些不断切换的画面和动漫世界一路把我们带到了海的尽头，那些发生在东京的爱情故事是否也会被自己拥有？于是对东京之旅的向往更像是一场色彩绮丽的梦。

借用李安的书《十年一觉电影梦》，东京对于我而言应该也是十年一觉，我带着这样甜美的梦和对苏的承诺在上海去往东京的机舱里昏睡过去。这个昏昏沉沉，持续了一小时的梦终于在颠沛流离中醒过来，我的眼睛被窗外巨大的光球所吸引，它像是一座巨大的未来岛屿，灯火通明。

我知道，一觉醒来，我终于来到了东京。

那些与你在漫画中度过的夏日依旧清晰，闪耀着明亮的阳光，包含着盛大的雨季，
记忆的炎夏从未跟随你离开的脚步走出我的漫画故事。

我的眼睛被窗外巨大的光球所吸引，它像是一座巨大的未来岛屿，灯火通明。

涩谷不夜城

:

成田机场离东京实在有一段距离。

来日本之前就听闻过日本的地铁不是一般地复杂，早我两天抵达东京的Lee已经在涩谷等我了。此时我只能依靠着三脚猫水准的英文外加无比巨大的勇气从成田机场摸索到涩谷109。

打车是不现实的，东京的打车费是全球数一数二地贵，令人咋舌。如果乘坐巴士又不懂在哪里下车，最后只好选择坐火车前往市区了。机场的服务处给了我一张复杂的地图，还热心地帮我画了线路。即便如此，我还是颇费了一番周折，晕晕乎乎才转到了火车站。

我曾经以为这只会是在《迷失东京》这样的电影里才会出现的场景。

从航站楼下来，令人眼花缭乱的机场线一定会让初来乍到的人迷路。因为纷繁复杂的地铁线如此之多，以至于你根本记不得每种颜色到底对应着去哪里，想来想去只能用JR山手线等来代替。

东京向来以复杂的地铁而闻名，但这些纵横交错的地铁线也是方便出行的简捷方式之一。遍布整个东京的地铁线可以让你以最经济实惠的方式四处游荡。东京市内的交通主要由JR电车、地铁、私营铁路构成。从成田机场到市区的交通方式包括京城电铁，到日暮里和上野均为一千九百二十日元，车厢比较舒适，速度快。另外一个选择是京成本线，优势是价格低廉，只需要一千日元就可以到达上野和日暮里。

恍然之间我才醒悟，原来我已经身处东京了。我知道这曾是苏的城市，她嘴里说过的时尚涩谷，她最喜欢的青山路，她最虔诚参拜的庙宇，她最爱吃的拉面。刚刚来到东京的我突然有一种想要逃离的冲动，那么拥挤的街道，那么安静的街道，我甚至害怕会遇到苏明媚中微微忧伤的笑容。

从一座城市流浪到另一座城市，想要用距离的遥远来拉开那份思念的纠缠。但当我身在其中时，我才知道，思念跟随着城市的脉络无所不在。

灯火闪烁，窗户外一直变换着以前只有在漫画和日剧里才能够见到的场景，我深深呼吸，告诉自己要一站站一路路地拜访。

从山手线一路换车至涩谷找朋友会合，整个车厢都十分安静，我只听得到电车的声音。在车厢闭目睡觉的上班族，放学独自打游戏机的高中生，抓着扶手摇摇晃晃看漫画的大叔和从机场来到东京，迷茫的陌生旅客。

明黄色的灯光照映在车厢里，一站又一站地前行着。
如果非要把日本人的生活分为两部分，那么应该是一半在车厢一半在陆地。便捷的轨道车厢里是为人处世严谨的日本人，他们沉默而自持。每个人都有一个将要前往的目的地，好比这列车厢何时是尽头何时就是我的目的地一样。

Tips:

1.日本全国的出租车费大致相同，起步价约为六百六日元，两公里后就按每二百七十四米增加八十日元。过了晚上十一点，所有的出租车费上浮百分之三十。所以，半夜十二点左右的各线末班地铁和电车，总是挤满了工薪一族。在东京城里打车，经常会花费四五千日元。如果从成田机场打车到城区，单程就要三万多日元，比东京到北京的单程机票还要贵。

2.山手线是JR东日本铁道中用最先进行现代化改造的E231系列车运行的一条铁道。整段列车呈银色，有草绿色条饰，运行轨道呈环状，环绕东京运行。山手线从东京都港区的品川站驶起，经过涩谷、新宿、代代木、东京、池袋等大站运行。路线全长三十四点五千米，经过二十九个车站。山手线是东京都的交通命脉。因为行业竞争，票价相对便宜。无论乘坐山手线的内环线还是外环线，票价始终在一百三十到一百九十日元之间，儿童车票更是以半价出售。

去，你的旅行

尽管我自己对前路一无所知。

刚一走出涩谷站，眼前的整个世界仿佛都从漫画里站立了起来，光彩夺目、人潮汹涌，闪烁不断的霓虹灯把整个涩谷照得灯火通明，我知道我要去的是涩谷109。

身边不时经过妆容精致的女孩子，几乎看不到她们有穿长裤，一律超短裙。11月的东京真的不算暖和。
东京对美的要求十分苛刻，大街上随处可见物品齐全的药妆店。在东京，女生们如果不化妆，是不敢上街的。

路过街口一家狭小又安静的咖啡店，买了温暖的拿铁站在路边喝，然后拖着我笨重的行李站在涩谷109的前面点燃了一支烟等朋友。香烟随着打火机发出哔哔的声音，伴随着身边广告小乐队里的声音，我仿佛掉进了这本漫画书之中。

对于全国乃至整个亚洲的女生而言，日本的流行元素都和涩谷109息息相关。但凡可以在这里立足的品牌都是各大杂志、电视媒体追捧的下一个流行指标。同时，这里也是各种品牌以及独立设计师的集中地。

不用怀疑，你可以花一整天的时间在里面不用出门，但也不要相信可以用低廉的价格或者讨价还价的方式在这里买到喜欢的衣服，因为这些都是无用功。可以说，涩谷109的每家店铺都和日本当下最红的女生杂志、模特、设计师保持着紧密的联系，他们就是风向标，是决定一个品牌成败与否的重要角色。你可能很难理解在涩谷109，服装为何如此之贵，不能还价却让你照单全收，但这就是涩谷的规矩，也是她的魅力。

Lee是在上海工作时认识的好友，这次同他一起来东京是工作也算是旅行。酒店是在传说中青山PRADA附近的PEARL HOTEL。虽然早前好朋友就提醒过日本的酒店十分小，但在进到房间时还是忍不住赞叹起来，一张双人床大小的房间居然有电视、洗手间（还有小浴缸）。真是麻雀虽小，五脏俱全。

放下行李，Lee便迫不及待地拉我去吃传说中美味的日本拉面。还是11月的东京，满大街已经开始在做圣诞节的装饰。从酒店步行至拉面店，我和Lee一路都乱七八糟地闲聊，像是两个老朋友在国外重逢，这种感觉十分奇妙。

我不是北方人，对于面条这东西向来只觉得是用来充饥，没有什么美味可言。加上读书时吃过太多的速食面而对面一直很抗拒，所以严格意义上来说，我的第一碗日本拉面是苏带着我从味千开始的，浓浓的猪骨汤头几乎弥漫你所有的味蕾，再咬上一口软滑顺口的叉烧肉，所谓日本漫画里那种幸福感油然而生。

其实一碗面成功的秘诀在于它的汤头，店主所有的心血全部都在这一碗三十多个小时精心熬制的猪骨汤里。在寒冷的冬天，要是你有幸尝到街头的一碗日本拉面是何等幸福的事情。

我开始明白高木直子为什么会有那样一本可爱的书——《一个人的第一次旅行》，也开始明白苏对拉面的偏爱。寻找日本最好吃的拉面，原来真的如此幸福。

还是刚刚和苏认识的时候，她曾在拉面店幻想过，如果可以和一个在这种拉面店工作的男生交往会是什么样的感觉？

他应该个子高高的，一米八左右，带一点儿胡楂，工作的时候面孔冷静，手上的力道娴熟却又不失温暖，话不多，总是在深夜出去工作，凌晨回家给你带贴心暖胃的消夜。两个人可以抱在一起看老电影而整晚不用说一句话，然后在清晨时分伴着晨光沉沉睡去。直到现在，我还记得她说这些话时沉醉的表情。那真是一种拉面式的爱情观，简单不复杂，令人羡慕又难寻得。

后来我一直没有机会问问她，我是否给了她这种温暖的爱情。等到我想要寻找答案的时候，只剩下我一个人坐在拉面店里发呆。

拉面店隐藏在街道深处，是一个很不起眼的小店，但这一点也没影响它的人气，即便已经是夜半时分，这里依然很热闹。脱去厚重的棉袄，围坐在厨师的面前，眼前是一个戴着白色帽子的干净男生，应该是在这里工作很长一段时间了，动作麻利又冷静，让人猜不出他的星座和血型。

在东京，你几乎可以在任何一家拉面店看到类似的男生，他们如热爱这个城市一般热爱着这个行业。

除却这份热爱，他们还个个身怀绝技，也就是拉面美味的秘诀——味道上乘的汤头，一碗好汤头的拉面可以卖出不错的价钱。配着麒麟冰啤酒和煎饺，这是所有东京人下班后最为放松的时刻。男生默默地把做好的面放到我面前，我默默地喝下了一口汤。

一杯啤酒又一杯啤酒，第三杯啤酒下肚的时候我就有点醺醺然了。从嘈杂的拉面店吃完饭，穿着棉袄推门而出，门外冷冽的空气扑面而来，可是整个东京似乎在这一刻安静了下来。因为这一碗拉面，我顿时觉得在这个寒冷而陌生的东京夜晚倍感幸福温暖。

走了这么远，也许只是为了看看苏曾住过的城市。

当我们在上海各自忙碌的时候，常常会忘记对方不经意说过的话，甚至连约会也要给工作让路。总以为身边的人会安之若素地陪伴左右，不离不弃，于是便堂而皇之地敷衍她、忽略她，直到她厌倦了这个等待的游戏。苏说，本没有对错，只是我们想要的东西不同。而我，只要感情。

终有一天，我也被那个自以为是的游戏淘汰，感情的痕迹就这样毫不留情地浮现出来，从上海到东京。

Tips：

1.涩谷109

从JR山手线、东急东横线、银座线和半藏门线的涩谷车站步行到涩谷109号只需一分钟。

2.PEARL HOTEL

地址：东京都中央区新川1-2-5

电话：+81-3-3553-8080

价格：约八百到一千元人民币不等

3.光面

JR新宿站东口徒步五分钟

这家在日本很出名的拉面店经常爆满，虽然有很多家分店但是依然不能抵挡东京人对于拉面的热情。强烈推荐"担担面"，虽然名字很四川但是拉面口感十足，Q弹无比，配有浓厚的芝麻酱汤底。

迷失表参道

· · ·

在东京的第一晚我睡得很沉。一早醒来，冬日的阳光已十分耀眼。

从房间出来，下到一楼，靠着有窗户的小餐厅喝一杯热咖啡。我不是一个经常可以看到城市清晨阳光的人，大多数的时间都是昼伏夜出，只是这些年在办公室工作后慢慢地也开始接受规律的生活。

带着我的相机，沿途拍下了那些美丽的小院落和咖啡香弥漫的小咖啡店。告诉自己不能再喝第二杯了，可是分明整个街道都是这种咖啡香味萦绕的冷冷空气，于是我忍不住放下手中的咖啡，闭起眼深深地吸了一口。

从青山一路走下去都是精致的店铺，全球所有知名的品牌都以青山和表参道的店为开店的榜样，并以此来展现他们的经济实力。可是即便如此，这里也不会让人有物欲横流的感觉，你反而满满地感觉到处都干净整洁，充满了设计的趣致，好像每一家店都是特地为表参道所精心选择。

也许对于很多不熟悉时装的人来说，张敬轩的《迷失表参道》是对这个地名的唯一注解。可是对于时装人而言，表参道和美国的第五大道几乎等同，能够在这里拥有一席之地几乎是每个日本年轻设计师的梦想。

表参道就像是一个时尚和成功的符号。

这种符号感在你一踏入这个区域时便会将你深深吸引，干净整洁的上下坡街道，那些你在各大潮流杂志翻看不完的品牌全部立体地站在你的面前，真正地令你眼花缭乱。耳机里是Tamas Wells的*Valder fields*，走在这样的小路上你有一种迷路的幸福感。

如果有幸在这里见到川久保玲或是其他什么人也不足为奇。因为作为当年时装界代表的川久保玲在青山区的店铺几乎是其他地方不可复制的版本，而不远处的PRADA店则是由著名设计师OMA设计事务所建造，还有妹岛和世与西泽立卫所设计的Dior店。

这些几乎都是荣登各大设计杂志的标志性建筑，在整个青山你可以一路看到停不下来，每一家店都好像是艺术品，让人不忍错过。你开始理解，为什么每一位建筑设计师都以此为梦想乐园。

远远地，你可以看到这个由著名建筑设计师安藤忠雄亲自操刀，耗资一百八十九亿日元的表参道山，这里是每一位设计师都要来膜拜的地方。除了云集了各种品牌的独立店外，整个表参道山连景观设计细节也都不容错过，十分精致独到。

来到日本不容错过的就是无印良品。

记得第一件无印良品是她在香港的铜锣湾给你买的，纯麻质的衬衫，卡其色的，有一些小碎格子。那时你们一起旅行，经常会放在旅行箱里，舒适又易于水洗。你带着它世界各地地走。有些衣服就像是日记本一样会跟随你去很多地方。

你依稀记得穿着这件格子衬衫和她一起去厦门出海的那个冬天，船上的大风把头发吹乱，你们把手暖暖地缩成一团；又或者是那年10月在悉尼的赶早班机，在日出前坐在Jet的小机场里感受着热咖啡的温度。

你时刻提醒着自己这只是一件普通的无印良品衬衫，但你知道它上面一直保存着与爱情相关的回忆，它这样千丝万缕地缠绕着让你不忍放下。如今你们已经分开了，搬家的时候你很难抉择什么该带走什么需要留下来，似乎一切都是必须带走的，但又都是可以留下的。

你从来没有忘记那个人的味道，经常抽烟，喷Cool Water的香水，哪怕洗了很多次依然会有淡淡的烟和香水混杂的气味。

我穿着这件衬衫来到了表参道的无印良品，这家位于表参道的店有两层楼，打扫得十分干净，安之若素地停在街巷的角落里，如同它单纯的颜色一般。

忍不住又买了厚厚的棉袜和一瓶初水。在初冬的东京街头抽烟，喝无印良品的冰水，这时你会觉得连呼吸都是冰的。

说表参道容易迷失，除却它未来感十足的街景，又或者是因为很多结构太过于类似，整齐干净，色调无外乎白色和灰色，每家铺面又都如此相像，让你常常忘记身在何处。

Tips：

PRADA

这家青山的店高六层，占地两千八百平方米，是全球EPICENTER STORE之一，已经是这个区域的地标。

地址：港区南青山5-2-6

电话：03-64180400

±0

是由日本超人气设计师深泽直人所创立，他不仅是MUJI的御用设计师，更传iPod都是受他启发的灵感而设计，这家店除了设计品外更有CAFÉ店可以供你休息。

地址：港区北青山3-12-12

电话：03-57785380

A to Z Café

超人气漫画家奈良美智和设计团体GRAF在2006年所创立的咖啡店，主要设计都以木质结构为主，简洁又不失细腻感，如果你是奈良美智的Fans的话一定不要错过。

地址：港区南青山5-8-3equbo Building5楼

电话：03-54640281

UNDERCOVER

日本里原宿潮流的重要代表设计师高桥盾之作，此家旗舰店总共有三层，经常会有限定版在此出售。

地址：港区南青山5-3-18

电话：03-34071232

去，你的旅行

醉后还是下北泽

·
·

Jerry是我在东京唯一的朋友，留着当下日本男生最爱的发型，小眼睛，一口流利的日语，在人群里你几乎辨别不出他的身份。而他只是从上海来东京读书。

那天我们从镰仓回到东京后准备结伴去吃烤肉喝酒，类似这种下北泽的小烤肉店在东京你几乎可以随处见到，也永远可以见到打工的中国留学生，他们会不时地告诉你这个好吃那个难吃。印象最深的莫过某一夜在小料理店打工的留学生直接用中文说："这里什么东西其实都不好吃又贵，你们不要点了。"听到这句话，我有一种说不出来的无奈又倍感温暖。

这间小烤肉店在当街的二楼，价钱还算公道，人也很多，聊天或者喝酒都十分惬意，没有人会在乎别人怎么看你又或者注意到是谁在大声说话。牛肉丢到烤肉架上吱吱响，一会儿便能闻到诱人的香味，烤熟了的肉在酱油里蘸料后下口，十分美味，配上一杯麒麟冰啤酒几乎感觉升入天堂了吧，我想。

Jerry是不胜酒力的人，他一直和我说着东京的艰难生活。看得出，一个人感觉生活艰辛除了经济上的拮据，也许更多是因为精神的孤独，单身学生在异国他乡的快乐又有多少人可以理解，只是我常常想他为何不放弃呢？Jerry说，来都来了就坚持一下吧，起码努力过。

那一晚Jerry喝多了，胡言乱语地一直在说喜欢的那个人，我说不妨打电话给她吧。

Jerry傻傻地看着我。

"可以吗？"

我拿起一杯啤酒默默地喝了一口，然后皱着眉头说："为什么不可以？喜欢的话就尝试一下吧，哪怕只有一点点机会也要全力争取啊！"

接着Jerry拨通了电话，很冷静地等待，电话那头的中国，时间应该是深夜一点吧。因为太过嘈杂，Jerry起身走到了门外。

我呢，一个人默默地拿出一根烟抽了起来，席间还接到了姐姐的国际长途，至于电话内容我早已忘记……很多细节回想起来也仅仅如同一场梦。

我在想，除了学生，为什么会有那么多的人乘坐小田急线来到下北泽？他们无外乎也是为了那些精致的咖啡店，又或者是这份独一无二的潮流感。而我不远万里来到这里买醉之后才是大高潮吧！

如果一个城市只是一段记忆的话，对于我们这些异乡的过客而言，东京留下的又是一些怎样的记忆呢？悲伤的还是快乐的？热闹的还是寂寞的？谁也不知道。

服务员又送来一支冰麒麟啤酒，咕咚咕咚地倒进杯子里，眼神有些恍惚地看着远方，那一刻的记忆里我隐约记得这口酒无从下咽。这是东京？没错！我再一次问自己是不是在这个异乡陌生的夜里喝醉了？我顿时有一种血液里酒精弥漫的感觉，我分明可以清晰地听到它们在血管中流淌的声音，悄无声息又暗流汹涌。

远远地，我看到厨房里那个熟悉又陌生的身影，高挑的个子，戴着雪白如新的帽子，一边安静地做着料理一边会自顾自地低头微笑，像极了苏，也许她真的就是曾经的爱人。那时的我们是如此年轻，而她却在遥远的新加坡，爱情纯粹得如同毫无杂质的泉水。甜蜜纠缠的颠沛流离后，我们还是选择了分离。

在经过的很多岁月里，我知道自己都无法遗忘这最初的记忆和深埋在记忆中的人。想象过太多重逢的场面，但始终未能如愿。在人潮汹涌的上海街头，我们没有遇见；在那年去往新加坡的深夜航班，我们没有遇见；最后的最后，我们却是在东京深夜的居酒屋相遇了。是不是太像电影中的情节？幸好我还没有完全醉过去。我知道，她就是苏。

在下北泽的这间深夜烤肉店，在时隔六年的异乡，我低沉而缓慢地叫了一声：苏！
还是记忆中清晰而又简单的感觉。

苏大概也是被吓到了吧，纤细的手放在面团中还来不及抽离，笑容已僵在唇边。

直到同伴用日语叫她名字的时候，她终于说话了。其实整个过程只有一分多钟，我却感觉像过了几十年一般漫长，呆呆地站在那里有些发傻。我甚至感觉她的眼睛在黄色的灯光中闪烁起来。

"啊？真的是你吗？"
"嗯！我来东京出差。"

其实我清楚地知道这是注定要冷场的开场白。于是，两个人都沉默下来，不知道该说些什么才好。隐隐还能够听到居酒屋里烤肉吱吱作响的声音和远远人群的欢笑。

我说："你忙吧，我该回去了。"

苏看着我不发一言。

"等我下班，很快的！"

"嗯，是啊，很快的，这一等就是六年。"我的脑子里一片混乱，语无伦次。

像是每个时刻都会发生的故事一样，毫无预兆。当她的微笑再次出现的时候，我竟然感到无法承受的疼痛，想要离开。

我知道，又到匆匆告别的时候了，毫无理由。外面是霓虹流溢的东京，我一个人看着窗外却早已泪流满面。

回酒店的这段路我走了很久很久。半醉半醒间，我依稀记得刚过去的一切仿佛小说里描写的那样精彩绝伦，却也充满了决绝和伤感。所有的记忆翻江倒海般地开始回放，非常快速又十分模糊，直到最后，我醉倒在了下北泽。

昏昏沉沉睡到第二天中午，我接到了苏的电话。电话在我的手边响了很久，我始终没有按下接听键，然后一切都平静了。

有些时候有些人，你可以爱一辈子，但是他只能被放在心里。你从心底知道自己是爱他的，尽管已经记不起他的样子。因为这爱如此深重，以至于需要你花很多的时间来忘记他，慢慢地，他真的在你的记忆中模糊起来。

意外重逢也许只是生命开的另外一场玩笑，我除了沉默还能做些什么呢？也许爱过的人只适合沉淀在心底，关上门，想念的时候偶尔打开看一眼，再关上门，这样就足够了。

第二章 绕着地球走半周

从漫画里走出来的城市

- ·
- ·

东京好吃的东西太多了，店也是逛到腿软，随便翻开一本旅行书旅行杂志都是海量的信息，我只想推荐一些自己吃过住过玩过的好去处，那些还没有体验的就先留个念想，要在大海里捞针可不容易。

首先是需要多吃，一天甚至可以四餐，再则认识几个当地朋友很重要，他们永远会带你去那些让你"WOW"的馆子，哪怕是日本的苍蝇馆子也令人啧啧称奇。

米饭要预约的早餐——东京安缦

东京安缦实在是值得去东京睡一下的酒店，无论是入住体验还是供应的餐食都相当完美，早餐便有日式和西餐两种选择。

日本人的传统早餐包括了米饭和味噌汤，而东京安缦的米饭要提前一天预约才能吃到，所以你怎么能不去尝试一下看着富士山，吃着满口米香的早晨。

Tips:

地址：东京都千代田区大手町 1-5-6 大手町大厦（大手町金融区）

高空中的美食盛宴——东京安达仕

东京安达仕也非常可圈可点，所有住客都可以来大堂吧喝一杯，餐厅设在五十一楼，叫作Tavern。山梨县的白葡萄酒，味道偏甘甜，配冷食和海鲜都不错。很难挑出什么餐厅的毛病，每一道菜式的摆盘精美。和朋友来时你会发现，虽然同在一桌却使用着不同造型的盘子，器皿控应该会当场呆住。如果没有选择住这家酒店，我也推荐你来吃一顿，贵，但是绝对物超所值。

Tips:

地址：东京都港区虎之门 1-23-4。六本木麻布地区

血拼也要吃的豆腐汉堡GOLDEN BROWN

汉堡有什么好吃的？我第一次去到表参道也是这么想的。

这家开在表参道之丘商场三楼的店给足了食客好奇心。店铺不大但是人不少，以和式融合了西餐汉堡的理念，说到底食材很棒。下图的和牛豆腐汉堡鲜嫩多汁，一口下去过瘾得不得了！在购物胜地的表参道如果午餐不知道吃什么又不想浪费太多时间，这里是很不错的选择。

Tips:

地址：东京都涩谷区神宫前 4-12-10 表参道之丘3F

Fuku——藏在巷子里的串火烧鸟店

大部分的烧鸟店其实都藏在巷子里，有些像重庆、成都的火锅店。这一家是Andrew同学私藏的小店，小到估计只能容纳八个人。

日本的烧鸟除非是畅吃的那种，基本都是单点，不像我们总是十串二十串地吃得酣畅。每家烧鸟店都有一些自己的"独门秘籍"，这家是从烤芝士开始，外脆里滑，再配上苏打饼调节一下温度和口感。其次就是厉害点的烤土豆，土豆本身就挑选了口感偏甜的那种，再配黄油和芝士在里面，一口下去，满口奶香。我最爱的还是烤和牛，肥瘦搭配，中间为了怕油腻还配了小辣椒、柠檬汁，满口肉香。

Tips:

地址：东京都涩谷区西原3-23-4

新鲜直送入口的鱿鱼店——銀座 魚ばか

这家鱿鱼店在香港也开了分店，推荐东京这家是因为好朋友KIKA是熟客，偶尔还能吃到菜单之外的小菜（他的势力范围真的很大！！），而且这里也是酒鬼的天堂，套餐里包括清酒和烧酒畅饮，酒选得也不错，所以是我的心头好。

小鱿鱼比想象中大，上面的都是前菜，全部包含在套餐里了，并且价格绝对是你能够接受的，在吃之前还给你摸摸它，多少有些残忍，但是真的很新鲜咧！

Tips:

地址：东京都中央区银座2-2-19 藤間ビルB1

中午就能吃"嗨"的牛肉锅——人形町今半

通常大家对于百年老店这种说法多少有些畏惧，不过来日本别慌，这里随便一家都可能是百年老店。

入住的酒店楼下刚好有家分店，午餐的价格可不低，人均四百到五百人民币，可想而知晚餐更贵，不过一百二十年的老店招牌让它即便价格昂贵生意也还很好，在门口稍等了十来分钟才有位置。

雪花牛肉肥美，套餐里的牛肉吃完服务员还对我们说：要是想吃，一片肉也是可以加的哦！当你正在犹豫要不要多加一片肉的时候，牛肉的汤汁已经开始煮面了。在这里吃饱喝足后，你能体会到《孤独的美食家》里寻觅美食的快感。

Tips:

地址：东京都中央区日本桥人形町2-9-12

深夜的一碗面——天神拉面

很多日本人喜欢喝酒后去吃碗拉面再回家，你也可以看到很多在一兰拉面门口排长队的同胞，这家博多天神拉面开在新宿，除了五百日元良心价格，浓郁的汤头和好吃的高丽菜都是我的心头好，营业时间一直持续到凌晨，半夜饿了也可以来吃一碗。

Tips:

地址：东京都新宿区歌舞伎町 1-23-12

西贡——梦醒滴漏咖啡 凸

范五老街不停歇

· ·

提到法国你首先想到的除了红酒、大餐外，咖啡也绝对是法国文化的重要一部分，如果你有机会去到巴黎，便可以看到满大街都是坐在路边喝咖啡发呆的人。但是，在越南也会有类似的风景。

从1858年，法国开始大肆侵略越南这个东南亚小国，从建筑到语言，甚至咖啡文化都潜移默化地改变了越南人的生活。即使今天去西贡，仍然可以见到满大街的咖啡店和坐在路边喝咖啡聊天的越南人，这是融入越南人生活之中的滴漏咖啡。

小小的不锈钢铁壶，加入咖啡豆和炼乳便可以在几分钟的时间内调制出一杯美味的越南咖啡了。越南咖啡的技艺深得欧洲真传，浓香四溢，一口下去便能感受到咖啡和炼乳交融在一起的味道，如果再加一些碎冰块，在这个四季炎热的城市，顿时令人心旷神怡。你可以在当街的咖啡店抽烟看着街边，一直到日落。

胡志明在很早以前其实是叫西贡的，不知为何，我一直对"西贡"这个名字有莫名的迷恋，它像是一个你爱的人很早就把种子埋藏在心中，却迟迟没有生根发芽。直到那年我独自在上海的家中看完《三轮车夫》后，心中油然而生去西贡的念头，那棵关于西贡的愿望树才终于生长起来。也就是那些年，我对安妮宝贝的文字甚为迷恋，那书本中字字句句描述的西贡应该是怎么样的？

不得不承认，去往西贡很大一部分原因是安妮宝贝，大概她也深受杜拉斯的影响。不过在我的阅读中，《蔷薇岛屿》至今都是我挺喜欢的一本，这也是我为何对西贡有着如此深厚的情结的原因，那不是《情人》的影子，完完全全是源于安妮的描述，尽管书里面也全部都是杜拉斯。在西贡的时候我已经完全无心去找她书里提到的唱片店和卖丝绸的铺子，只是那日路过河边看到了Riverside Hotel的时候心中还是不经意地想到了她，其实也想到了自己的少年期，就像是她书里说的"故乡，就是回不去的地方"。1997年，从我离开家读高中开始，至今已经十余年，除了每年会回去一次外，感觉她已经离我越来越远。而随着年纪的增长，便愈加感觉到一种尴尬，怕家人唠叨又害怕陪他们的时间太少。

那时候想到逃离，最想去的地方莫过于西贡了。然后我对苏说去西贡吧，我们去西贡看看。笔记本、小数码相机和干净的棉布短袖，整个背包被装得满满的，我们都知道这旅途并不短暂。

第一次去越南是在2006年，刚毕业不久的我从未出过国门。但是去越南的念头实在太过强烈，苏答应陪我同行。

当时我还在杂志社工作，公司位于万体馆附近的IKEA。那时的IKEA可没有现在这么火热，我时常带着电脑和书本去靠窗的位置喝六块钱的咖啡和黑巧克力，一坐便是很久。在那里完成了查机票、订酒店及出行顺利的必备，最后选择了南方航空从广州转机的航班，在广州停留一夜。

从广州飞往西贡大概需要一个半小时的时间。苏是很容易在路上熟睡的人，刚好我也不习惯在旅途中同他人聊天。我清晰地记得那天我沉默着在飞机上写下：早安，西贡！这几个字，如今翻出来依然感觉是那么亲切。

这是我和苏的第一次旅行。我们都不算富足的人，没有选择机场门口热情的出租车，而是直接奔向了路边的公车站。
西贡机场在我第一次去时并不是一个非常大的、国际化的机场，并且之前听闻还有不能带手机入关之类的苛刻条件。但是我在2010年重返西贡时，这里已经发生了翻天覆地的变化。

颠簸的公车上几乎没有几个外国人，我们背着大包好奇地看着整个城市。这里和中国大部分的二线城市并无二致，只是有些失望的是我没有看到传说中的三轮车。

越南人的英语水平在东南亚还算是不错，起码我这种三脚猫英语也够和他们交流。

公车最终停靠在了范五老街旁，这是越南背包客的天堂火车站，所有的背包客在这里停留然后再次出发去往其他城市。整个越南都有非常完善的交通体系，你可以从Sina Cafe旅行社订到任意城市的Bus通票，也可以在任意的城市停留，出发前只需提前一天给Bus公司电话即可，这些在国内几乎是不可能实现的。

范五老街人声鼎沸，到处都是兜售纪念品的人、拉你住店的人、卖咖啡的人……已经是下午四点的西贡了，整个城市被阳光灼烧得好像要炸开了锅一样。你甚至不敢用力呼吸，因为每一口都觉得是潮湿又闷热。

找到旅馆花了一点时间，我们俩背着大包在拐角处终于找到了落脚的地方。这是典型的越南家庭式旅馆Nga Hoang，出发前在LP上查到的一家很经济的酒店，楼下是网吧和住家，楼上则是酒店房间，一晚十美元并不算贵，推开窗户还能看到城市的一角被刷成五彩的墙壁。

放下行李我们便倒在床上。我慢慢抱着苏看着她的脸，那是我曾经最爱看的样子，无辜又带有一丝孩子气的眼神。我轻轻地吻了苏的脸庞，然后便这样在到越南的第一天相拥着睡着了。

有时候我想旅行的情侣在睡觉的时候，两个人会是什么样子呢？我抱着苏昏昏入睡，我隐隐记得我们在房间里做爱，疲惫之后又睡了过去。做爱是两个人最隐私又将心智放一边的时刻，那些爱恨都在体内蓄势待发，你分明记得你们的样子，你也分明记得两个人说过要爱一辈子的话，但是最后还是昏昏地沉睡了过去。

醒来的时候，窗外的天竟然黑了起来。我对苏说我们应该去吃一点东西。旅行中处处可见的是两人最好的默契，不需要过多的言语，只是各自低头换好干净的衣服和拖鞋，手拉手下楼去。
东南亚的路边摊比比皆是，你不用担心味道是否美味，对于一个热爱路边摊的国家而言那都是每个西贡人经常去吃晚餐的地方，出售好吃的越南河粉和西贡啤酒。

卖河粉的是一位中年阿姨，看得出她在这里工作已经很有些年头了，白色的衬衫因为潮湿和炎热早已经湿透。她娴熟地从冰柜里拿出了巨大的冰块放进啤酒杯中，倒入啤酒时能够听到冰块融化的"咔嚓"声音，同时向河粉里加入各种香料，一碗河粉和一杯啤酒便端到面前了。

加一点点青柠檬和鱼露，整碗汤头便更加美味。深夜的西贡，我和苏在路边吃廉价的河粉，然后默默抽烟。没有人说一句话，只是各自低头吃东西，喝啤酒，但我们知道仅仅这样就已经幸福了。

一杯越南滴漏咖啡

-
-

我一直记得那股和记忆相关的味道：浓厚的炼乳加在杯底，咖啡随着杯子慢慢地一直滑下去，落满整杯后轻轻地搅动放下一大块冰，然后整个房间都是滴漏的香味。那是越南滴漏咖啡的味道，浓厚又甜蜜，浓郁地弥散在整个胃里。

在东南亚的早晨，你必须享受这般炎热天气里练就的咖啡香味。我和苏站在路边，买了车票准备明天晚上出发去芽庄，这是另外一个海边小城市。

两杯咖啡下肚后，我们背着包和相机沿着弯弯曲曲的街道往市中心走去，一路上都是卖咖啡的摊子和卖报纸的女生。

与苏一起旅行最大的好处就是不用说很多话，因为默契，我们可以一路同行，知道彼此的感受和需要。拍照、抽烟都是很私人的事情，不需要照顾彼此，也很难在过程中与他人分享。

走过了几个街角竟然看到了一座巨大的教堂——著名的圣母大教堂。西贡高大的建筑物并不多，所以这座教堂在整个广场上显得尤为壮观，夕阳的余晖照满整个红色砖墙堆砌起的大教堂的屋顶，尖顶似乎直冲云端。我和苏被橘色的阳光刺到了眼睛，抬头仰望才发现天空中堆积着如此瑰丽的光芒。

新罗马式的建筑其实在西贡随处可见，因为殖民城市的很多生活习惯都被保留了下来。这座建于1883年的法国大教堂是建筑师J.Bourad混合了哥特元素的罗马式设计，击败了十七名竞争对手中标而修建成的。

门口卖鲜花的女子一个人在斜阳下发着呆，阳光穿过花纹的栏杆投下斑驳的影子，好像时光就是这样在一点一滴地流淌。这样的下午，我只想待在那里不说一句话。

花很少的钱买一大束百合给心中的神灵们。

我和苏在斜阳下坐了一会儿，此时原本喧嚣热闹的西贡因为有了这座教堂顿时安静下来，步入教堂才发现这里会聚着从全国来的虔诚信徒，他们从远方来到这里祈祷自己的生活。

从教堂出来已经是下午五点半了，整个城市到处是摩托车闹哄哄的声音。教堂的不远处就是西贡中央邮局，这个在1886年法国人建造的邮局有着浓厚的法国风味，大理石的地板拼贴而成不同的欧式花纹，大吊扇则有规律地在布满雕刻的天花板上一字排开，一进门的位置还有古老的电话亭，所有这些极具历史感的装置到现在都依然可以使用，苏根本顾不上我，一个劲地对着教堂拍照。我独自进到了邮局里面，顿时豁然开朗起来，这个有着几百年历史的老邮局现今依然保留着其邮局的功能，除了能看到游客参观外，邮局更像是一扇门，通向世界其他地方，你要在这里写明信片给谁，收信人又会是谁呢？

在旅途中写明信片给好朋友是一件非常快乐的事情。因为旅途的快乐很短暂，很多时候你甚至都忘记了去过的时间和地名，只有写给远方朋友的明信片可以告诉他们你的心情。

说来有些好笑，2006年我第一次来到这所邮局的时候便写了一张明信片给苏，那时她在我的身边，我把这份思念寄给了未来。从越南回到上海后不久，我们便分开了，半年后我们又重新一起生活直到2010年，然后又是分开。

2010的夏天我和几个好友重回到西贡的邮局，感觉时间都停了下来，只是早已经物是人非，我决定再写一张明信片给苏。2006年同苏一起旅行时我在这里写了几张明信片，2010年夏天我依然回到此地，我在明信片上拿起笔欲言又止，最后只写了这里天气很炎热，我最终又回到了这里。

明信片是我用宝丽来拍下的照片，贴在了无印良品空白的明信片上，邮局门口立着一个空空的黄色邮筒，那是我想念的样子，安静又充满着期望。

湄公河的最后一夜

·
·

东南亚的城市不是靠海便是靠河，西贡也不例外。这个号称"小巴黎"的城市也有一条河贯穿整个城市——湄公河。

我一直在想：我为何如此喜欢河流呢？

我出生在南方一个不出名的小镇上，整个小镇也如西贡一般有一条河流贯穿其中，我时常在晚饭过后的黄昏独自来此玩耍。我一直以为全世界的河流都是可以最终流向大海的，河流是生活中重要的一部分。那是一条每年夏天可以游泳的河流，是每天上下晚自习必经的河流，是我每次离开小镇去往外面的世界时都会留恋的河流，它狭窄却看不到尽头，缠绵而曲折，是在我童年时对世界的想象中，唯一可以作为连接物的一条河流，这种感情至今没有改变过。

来越南以前，我便一直想来看看湄公河，哪怕我的脑子里已经预想过它无数种足以让我幻灭的样子，但我还是想带我深爱的人来看看。

黄昏，我们终于沿着教堂一路走到了湄公河边。苏像个孩子一路跑跑跳跳，我跟在她的身后。我买了椰子味的雪糕给她，她便安静了下来，默默地拿着雪糕一个人往前走，我走在后面一边淌汗一边抽烟。想想其实这种关系也实在不错，两个人不需要承诺，不需要防备，不需要为了现实争论，只是在一起旅行，想念的时候拥抱，独处的时候离开，就这么一路走到了河畔。

湄公河其实并没有什么美感可言，至少在我看来。这里甚至可以说是破旧不堪，三五成群的船只停泊在岸边，因为没有人治理，河水还有一丝丝臭味。岸边有很多河畔餐厅，因为夜色将近已经点起了灯来。苏说我们坐一会儿吧，走太久，累了。

我在便利店买来冰啤酒，此时天空像被泼了玫瑰红茶一般呈藏红色，不远处三五只船在河中行驶。苏靠在我身边看着这并不算美丽的落日，我怀疑自己是不是活在梦里，因为所有的场景和情感都太过完美，害怕醒过来。

我是一个对于感情常常会缺乏安全感的人，无论是在哪座城市，和谁在一起。似乎冥冥中可以看到最后分开的样子，但更多时候我依然无法逃脱如此温柔的黄昏时光。

我问苏："你愿意一直和我坐在这里吗？"

苏微微抬起头看了看我，脸上微醺，微笑着点了点头。

至今，我一直记得这样的笑容，天真而没有任何秘密，是我无法忘记的笑容。天色渐渐地暗下去，黑暗便来了。

苏说："湄公河一直要流向哪里呢？"

我说："大抵应是泰国或者柬埔寨吧，我也不知道。"

苏说："时间有时候就像是一条河流，不是你寻找到它，便是它流向了你身边。我们一起跳入这看不到边际的河流是不是就可以永远漂泊下去了。"

我紧紧地抱着苏，看着这完全黑去的西贡的夜。

西贡的雨季

.
.

你喜欢雨季吗？我不断地这样问自己，不喜欢，嗯，心中默念。

大部分像我这样性格的人似乎对于雨季都没有太多的好感，是因为太多的潮湿和不安？

初到上海的那一阵很不适应春天的黄梅天气，小雨经常可以不断地下几个月，那雨看上去惆怅得没完没了。
但是在东南亚，雨季是再随性不过了，天气说变就变，昨天还是艳阳高照，今天早上醒来整个城市已经开始下雨了。

苏是一个喜欢晚睡的人，习惯晚上画图和修照片。我呢？也算是晚睡的人，只是她因为工作比我辛苦很多，时常是晚睡早起。到西贡的第一个早上我伴着窗外嘟嘟车的声音醒了过来。我有时很讨厌自己早上的样子，不修边幅，邋遢不堪。

拉开窗帘，整个西贡都淹没在不见天日的雨季里，不知停歇。

苏还在睡觉，我轻轻地亲了她的面颊，然后发了短信告诉她我准备出去拍照了。这感觉很熟悉又很陌生，熟悉的是我们可以很理性地处理彼此之间简单的感情关系，陌生的还是这个城市。

打开iPod放着The Weepies的歌，洗完澡站在小房间外面的平台上抽了支万宝路，将烟雾慢慢地吐向空中，很快便被弱小的雨点打散开来然后消失在空气里。

东南亚的城市对于色彩的喜好到了一种变态的极致，西贡也不例外。城市的街道被刷得五颜六色，粉红色的旅馆、蓝色的酒吧、白色的百货公司，交错在一起十分好看。酒店店家很细心地备好了伞，我换了衣服准备出门，看着苏像只小猫一样窝在被子里很安心。

我就这么叼着烟，顶着这把透明的雨伞走了出去，抬头可以看到暗黑色的天空，雨水慢慢地在雨伞中间散了开去，最后消失了。

在西贡的街头见到最多的莫过于越南咖啡和法棍。法棍本是法国面包，到这里却变了味道，从中间切开一片，加入各种调料和蔬菜、肉片，便做成了一个美味的越南法棍，一口咬下去满嘴都是鲜美的酱汁。

一个人在街上转悠不想回旅馆，想想苏应该还没有起床，我索性走到了街边的CAFEMOGAMBO咖啡馆喝了杯拿铁。可能是太早了，清晨城市的街道上几乎看不到什么人在走，只有一些骑着自行车匆匆而过的人。

耳边是我喜欢的黄建为的声音，不知道为什么，熟悉的声音和味道一般吸引着我，让我可以很快回到某些特定的时刻。

喝完整杯拿铁，我便带着早餐回到了旅馆。苏刚刚醒来，像一个孩子缩在床的一角，傻傻地看着我。我放下咖啡告诉床上还未完全清醒的苏，我们也许要离开一下这个城市，离开雨季的西贡。

苏眯着眼睛说，其实在雨中漫步西贡也是一个不错的主意，穿着拖鞋叼着烟，漫无目的地走。

芽庄的第一眼阳光

•
•

越南的旅行业十分发达，这样的发达方便游人和背包客顺利地四处游走。你只需要提前一天在SINA CAFÉ旅行社预订一张任意行程的通票，便可去往任何城市，或在某地停留。这张通票的总额大概也就是几百块人民币，如果想要走完越南全境。

去芽庄其实并没在我们的旅行计划之中，只是受不了漫长而闷热的雨季又或者是不甘心一直守着某一处的时光，我们决定买车票去往芽庄。

从西贡到芽庄是夜车，大抵需要一夜的长途汽车可以抵达。中午时分，我们一起在路边吃了碗越南河粉。5月的越南炎热难当，早上虽然下过雨，但是到了中午就会艳阳高照，那种热让人透不过气来。

午夜的长途巴士一直在沿海的星空下行走，我靠窗而坐，而苏在我身边早已经熟睡。坐长途巴士会失眠一直困扰着我，我反复地将iPod里的唱片一张张听过来，这路途太遥远，星空太美丽，我都不知道自己到底身处何方。

在去往芽庄的夜晚，沿路偶尔会看到星星点点的小铺在卖越南河粉，车子通常每两三个小时会停在专门的地方休息十来分钟，供大家抽烟或去洗手间。我在不知名的小站里停留了下来，看着满车都是来自世界各地的游客，去往同一个地方。

芽庄以前是著名的美国海军基地，一座临海的城市，风景优美，是度假胜地。虽然是度假胜地又不及普吉岛、长滩岛那么有名，但这里海水蔚蓝，空气清新，而且游客没有那么密集，这也是很多人喜欢芽庄的主要原因吧。

因为不算是旺季，二十二美元便能住上窗外看到美丽海景的房间。不远处还有一个巨大的摩天轮，不知道是不是因为太过疲惫，我抱着苏睡了过去，然后在半梦半醒之间对着这蔚蓝的大海，我们彼此交换着气流的味道。

黄昏时分，苏将我推醒，说出去吃点东西吧。这是我对芽庄的第一印象，窗外的天空蓝得好像是一种假象，不可触摸。

芽庄的黄昏和清晨绝对是你不可忽视的美丽时间。第一日抵达芽庄的时候天色微亮，阳光从海岸线慢慢升起，海面十分美丽，壮观无比。而黄昏的海边则是成群踢足球的少年，他们追逐奔跑着，直到最后一抹斜阳消失在海平面。

我和苏报了当地一个经典的一日团，2006年的时候是八美元一天。早上会有热情的渔民开车来载你去码头乘船，船上坐着世界各地的游客，安排我们去往两三个美丽的岛屿。我觉得这算是芽庄很有特色而且超值的项目，包括一顿免费的午餐和在大海中潜水、喝酒等，这些都是包含在8美元的费用之中，你不用有任何顾忌，只需把自己丢向大海，这看不到边际的蔚蓝的大海。途中还有越南渔民表演的一些节目。

我是一个基本不跟团出行的人，而这一次的芽庄海岛之旅实在令人难以忘怀。

我看着苏一个人戴着耳机在甲板上听歌晒太阳，自得其乐。我只是远远地看着她没有想去打扰，也许她的心中也有一些属于自己的，羞于示人的伤口。心中有伤口的人在旅途里其实显而易见，他们独自听歌，发呆买醉，在深夜的街头打电话给曾经深爱的人……我呢？典型的悲观主义天秤座，而苏是冷静的天蝎座，外表冷漠，内心却是暗涌迭起，那是她的世界。我的世界是不是就应该如同芽庄的海一般看不到边际。

我的第一次恋爱便是在大学时期，伴着天真和对爱情的坚持，朋友在新加坡而我则是在武汉读书，很自然地在一起一年就分开了。

秋天的时候她提出和我分手，我很不解，一个人站在校园里哭了很久，一个人跑回宿舍。记得那是秋天雨季的武汉，我一个人抱着被子感觉是小时候的一件心爱的玩物丢失了一般难受，口里一遍一遍地说，以后再也不会爱上任何人了，绝对不会。

其实想一想，就像是杜拉斯船上的那些人，只有时间才是最好的良药，苦口又助成长。从那年以后我又认识了很多人，有过一夜欢愉也有过短暂的爱情，只是我的心定不下来又或者不知道该怎么去爱，年少的伤口看似浅薄却早已经注定了以后的路途遥远。

直到第三个夏天，我遇见了苏，这个并不算美丽动人的女孩子。如果要我说综合评分她绝对不是历任里最优秀的。

这是我的伤口，看上去有一些无聊，也有些傻气，现在回想起来常常感觉那么幼稚。曾经我们都义无反顾地爱过一些人，从一座城市到另一座城市，为了一个人而流浪。只是到最后，所有的感情都模糊了最初的面貌，于是，我选择了独自旅行，不知何时停歇。

我想起了杜拉斯的《情人》，一位华人富家子弟和一位法国少女在船上邂逅，然后在草丛之中随波逐流去了远方。

时间是河流，它短暂又漫长，深不可测，带着这样的伤口我上路了，花很多的时间用来打工和旅行，坐着长途的绿皮夜班火车，去往一个个陌生的城市。那些伤口看似慢慢就在这漫长的旅途中被磨灭了，看上去不疼了。

我心中看着这一抹大海中的夕阳，想，心中有伤口的人便跳进大海吧……

在芽庄住了几天后，我想是时候和芽庄说再见了。

西贡，那里有太多我和苏的记忆，记忆深不可测，就一起丢进那芽庄的大海里吧。

所有的感情都模糊了最初的面貌，于是，我选择了独自旅行，不知何时停歇。

首尔——
陪你看一场华丽的烟火 凸

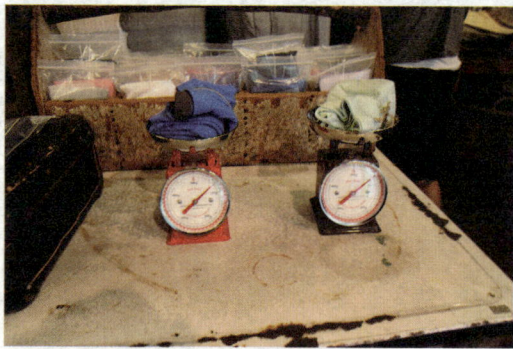

烧肉店的"真露"思密达

·
·

如果不是因为工作，我应该很难决定是否要去首尔逛一逛，像我这种不看韩剧不听韩国歌曲的人，跑到首尔会不会太无聊，但是工作自然而然地把我丢到了首尔的夜里。

对首尔的第一印象应该还是来自看过的韩国电影，那些极其细腻的画面质感和我喜欢的演员一直都深深住在脑海里，断断续续的不连贯的画面——李政宰在《情事》里深夜和未婚妻的姐姐去往游戏机房间打电动，《假如爱有天意》里两个人在夏日的午后冒着大雨跑到乡村偷西瓜吃……一切看来都是那么熟悉而遥远。

说到亚洲的潮流重镇那绝对非东京莫属，东京的特殊地位使得全世界各地的日本潮流Fans蜂拥而至，前来朝拜，而不远的韩国呢？曾经着实红火了一段时间韩流，却有点像韩国的经济一样昙花一现。现在随便拉一个人说你很韩流似乎都像一个贬义词，可是不探究一下流行之地的真面目就下结论是不是有点太武断了。

本来想着"也不过尔尔"，但在下飞机后的二十四小时内，我立马改变了这样的想法。也许之前大家把更多的关注点停留在东京，所以仅仅是一次工作旅行就让我对首尔变得如此眷恋。

闭上眼睛，想一下每个城市的料理应该是什么样的味道呢？现在开始，不妨闭起眼睛回想一下韩国的味道。是那种酸酸的，带着鲜红颜色的味道，没错！这就是著名的韩国泡菜，它像是打开首尔大门的一道菜。接下来，顺着泡菜便会把辛拉面、韩国烤肉以及真露清酒联系在一起。

飞机抵达首尔机场的时候，手机几乎没有了信号，除非是3G手机，所有GSM的手机到这里就成了一个玩具。租一部手机其实也是非常方便的，而且在机场使用银联信用卡还有优惠，很多家电信公司可供挑选，大可多比较一下再决定。虽然出租的手机通常样子不会很好看，一般是那种古老的彩屏手机，但有什么关系呢？只要能接通电话就可以放心地在首尔玩起来。

从机场出来视野就变得开阔许多，司机一路都开着电台，与我同行的还有其他几家媒体的记者，很快的，大家便因为被丢到同一个陌生的环境而彼此熟悉起来。听着电台的节目，我开始好奇起来：为什么每一句结尾DJ都会说"思密达"这个词。问了司机才知道，原来"思密达"是和我们的"哦""好""了"大抵相同的语气助词，所以出现率非常高。因为每句话结束都有这样一个词，听起来也怪亲切的。身边很多朋友都对去首尔旅行的热情不是很大，所以当我初到这个城市的时候只想着尽快完成工作早点回上海。

查尔斯是这次的翻译，三十六岁的上海男人，很早移民去了美国，精通多国语言，用GUCCI的香水，前味沉闷后味清淡，经常在世界各地跑来跑去。下飞机后我们不约而同地在便利店买了同样的利乐装真露酒，想必他也是一个爱酒之人，于是因为一个利乐包装我们在车上聊开了。

车开到了市区首尔便鲜活起来，路边的小店铺和烤肉店一家挨着一家。酒店位于市中心，因为出差所以没有准备任何旅行攻略，一心想跟着当地的同事走就好，查尔斯和我刚好被分在一个房间。旅行的习惯真有些奇怪，十年前我习惯了一个人住酒店，十年后我喜欢和熟悉的人一起住酒店。我一直好奇那些常年频繁出差在外，以酒店为家的人是如何生活下去的，每一个房间又有多少有故事的人住过呢，这些房间又埋葬了他们多少秘密？

抵达酒店已经是首尔的黄昏了，相对"首尔"，其实我更喜欢"汉城"这个名字，像极了记忆中的城市，如同越南的胡志明市应该叫老称"西贡"一样，那是记忆和岁月留下来的名字。
来首尔前大部分人都和我说这里的烤肉贵到死，然后今天晚上我就准备和大家一起去试一下传说中"贵到死"的正宗韩国烤肉。

今天去的是一家位于首尔大学路Maronie公园附近的烤肉店，据说是一家非常特别的烤五花肉店，它的名字也同样特别，叫作"盗贼"，尽管是叫这个名字，可是和海盗没有一点关系。以前在国内觉得韩国料理就是什么都拿来烤一下，其实在韩国一般也就是几种肉的选择，选择路边的小店就可以找到很好吃的烤肉了。因为韩币贬值，餐费也没有想象中的贵，大概人均一百二十元人民币的样子就可以吃上挺不错的一顿了。我特别要推荐的是蒸蛋和泡菜汤，这两样几乎是每家韩国料理店必备的。小菜是无限加上的，你大可不用担心不好意思多要他们的泡菜。还有一个小秘诀，不妨把泡菜也拿来烤一下，稍微热了后夹着烤过的肉一起下咽，非常美味。因为北方冬天的时间比较长，所以烤肉成了家家户户的主菜，大部分的食物都比较辛辣，如果觉得太辣就喝点大麦茶吧。

第一天到首尔的夜里，我和查尔斯聊到半夜。两个陌生人因为几杯酒成了好朋友。"真露"清酒冰过之后配着滚烫的烤肉十分爽口。清酒有一个坏处，下口容易醉，三瓶之后我就觉得自己有点昏昏沉沉了。

从酒店出来，外面下起了小雨，其他同伴去了传说中的二十四小时东大门购物。我和查先生拐出了小店，在上坡又下坡的小路上散步。我突然觉得这应该是很多人羡慕的一种生活吧，几杯小酒，雨后的小街道，和朋友走在一起，抽着烟有一句没一句地聊天，第二天早上提着包人模狗样地继续去上班。

因为第二天并没有安排工作，查先生问我要不要继续喝一点，我摸着后脑勺说，当然要！本来自己就想问，却因为不好意思被查先生抢了先。在烤肉店里，查先生说现在每半个月在首尔半个月在上海，一年前离婚了，目前一个人生活也挺不错。

我在想，到底什么样的人才算是最适合的呢？如果你是一个女生，你会喜欢一个在烤肉店里工作的男生吗？记得我之前说过拉面店的男生，温情脉脉，那么烤肉店的男生会有不同吧，留着浓密的胡楂，因为经常被烟熏皮肤粗糙，喜欢抽烟和喝一点小酒，常年在厨房里工作，很少和外界来往而话不多，会给喜欢的人做好吃的菜，所有的小心思都在烤肉里，只是大部分的人不会察觉这微妙的"别有用心"，白天睡觉，中午起床去厨房忙碌至深夜，兴趣爱好很少，见过很多店铺里的顾客，却很难动心去爱谁。

在这个微醺的夜里，我想说这个店铺里有这样一个烤肉男生，应该会有很多人都喜欢他，喜欢是因为简单，这世界太复杂，想找到一段简单的感情谈何容易。我想我还是醉了，跌跌撞撞地回到了酒店，打开手机给苏发短信，习惯地说一声：晚安，首尔！

台北——
躲在12月热闹的夜 凸

红尘滚滚中的台北

-
-

台北不比东京那么潮流前卫，不比香港那么狭小拥挤，也不比上海那么小资情趣，它是大家心中的台北。我试着问了几个朋友，你脑海里的台北是什么样的呢？

沛伦，《大周末》编辑：我的印象呢，台北的街边有很多矮的建筑，有骑单车的男生，炽热，容易流汗，街边的水果摊很好看，还有7-11，7-11旁边是个小书店，书店的老板在睡觉，就这样的印象。

ELEVEN，资深生活达人，《周末画报》编辑，标准的处女座收拾达人，以前是酒搭子，现在安心在家看书。她心中的台北是一个可以让人懒下来的地方。

仙人掌，我的死党，资深美食评论家，《外滩画报》编辑，纠结的天秤座，上升星座是处女座。她的台北像杨德昌的电影，安静而温和。

而我的台北是一座充满踏实安然的生活气息与美感的城市。

在我老家的房子里有一个小盒子，一个装鞋的小盒子，它现在的作用顶多只是一个收藏记忆的盒子，里面藏着我青春岁月中收集的磁带和当时与同学、朋友往来的信件。那些磁带不知是否还能播放，而现在我更不知道要拿什么来播放它们。也许磁带中的声音早已经变了味道，又或者在这岁月的磨灭里仅仅成了箱底的记忆。

有时候我很好奇，为什么人会喜欢回忆往事。我想了很久才想通这个道理，因为往事都是美好的又或者苦涩的，忆苦思甜，都是一种怀念。现在过得虽然好，但是老去了，时代变了，一切也都变了，没有青涩纯洁的爱情，没有缩衣节食买新装的快感，更没有几个朋友可以坐下来说句贴心话的机会，大家见面无外乎是为了拿出各种高级的科技产品而聚会，各种网络技术和世界渠道让熟人也变得冷漠。

不知为何，写这段文字的时候，我的脑子里一直是台湾音乐人范宗沛《孽子》中的背景音乐——在台北的小弄堂里，父亲用力抽打着儿子，大骂着"不孝子，不孝子"，一句句歇斯底里地怒骂着，山东的口音回响在台北街道，那是怎样一种时空和地域交错的复杂感受。

在忠孝东路的玫瑰唱片行里，我找到了那张喜欢了很久的DVD——《春光乍泄》。电影里那晦涩而尖刻的感情终究没有归宿，去了的人和留下的人又保存着怎样一份纪念？

外面是车水马龙的台北街头，我只身从上海一路辗转来到台北，世界因为有了这些电影和唱片联系在了一起。

这是我心中的又一个台北，一个到处流淌着音乐的城市。

小时候在家附近有一个新华书店，边上有一家小小的音像店。现在想来，那应该是我童年通往台北的第一条路，当时盗版的磁带只要六块钱，我的第一盒磁带是小虎队的《青苹果乐园》，封面上三个干干净净的大男生。没有CD机，是拿着父母结婚时叫不出牌子来的大录音机，每天在我的小房间里一遍遍重复地放着。

那是我对于台北最初的印象，小虎队卖力地唱着："周末午夜别徘徊，快到苹果乐园来，欢迎流浪的小孩，不要在一旁发呆，一起大声呼喊，向寂寞午夜说bye-bye……"

那个时候，我并不知道周末有什么意义。周末，只是无数的试卷，偷看电视的时光，苹果乐园到底是什么？我一无所知。

．
．

往事都是美好的又或者苦涩的，忆苦思甜，都是一种怀念。

不睡觉的城市

·
·

全世界应该没有几座城市不靠夜店和便利店，而让人流连她的夜色吧。那么在台北的夜晚，一定要去的地方就是诚品书店。

因为是工作签证，不能直飞台北，所以很多时间都花在了路途上。早上八点的飞机飞往香港，下午两点又转机飞去台北，真正抵达台北已经是晚上七点多钟了。

同事刚好因为《1626》周年刊的原因要去采访《康熙来了》，于是我抱着十二分的期望以为台北第一站就能见到蔡康永和小S，结果经过一整天的周折到达酒店时已经是八点多，筋疲力尽。同行的工作人员兴高采烈地要去吃好吃的麻辣锅，话说火锅应该是成都、重庆的产物，可是到了台北硬是变成了台湾麻辣锅。这麻辣锅一来是麻二来是辣，没有区别啊？

麻辣锅从大陆传到台湾后经过不断的改良，现在比较典型的是吃到饱和单点，吃到饱就是像日本的自助餐，多少时间内吃完，畅吃，两种唯一相同的是可以不限制地加鸭血和豆腐，直到今天我也没有太明白为何会有鸭血和豆腐之说，只是这些现在都成了台湾麻辣锅的招牌。

酒足饭饱后已经是十点多了，去《康熙来了》的录制现场肯定是没有戏了，回去睡觉又感觉太早，乘这种中转航班有时候实在很辛苦，早上八点出门可能要到深夜才能入眠。酒店正对着台北101，透过落地玻璃窗能够分外清晰地看到眼前的台北。洗澡之后的疲惫感蔓延到全身，奇怪的是虽然疲惫却依旧没有倒头睡觉的念头，我知道这样的深夜十二点，唯一能去的只有一个地方——台北敦南诚品书店。诚品书店就像是台北的一个标志，和台北的代名词一般，是在台北不能错过的地方。

于是，初到台北的深夜我不想睡觉，迈着有些许疲惫的脚步，怀着一点点的小兴奋向二十四小时不打烊的台北敦南诚品书店出发了。

敦南二十四小时书店并没有想象中的那么小，当然也不能和信义的诚品书店相比较。位于二楼的书店分为杂志、畅销书、外文书、小咖啡店几个部分，你可以深夜一点在此看书发呆直到天亮。就像电影《一页台北》里那样，很多台北人在睡不着的深夜都喜欢来此席地而坐，拿一本中意的书，慢慢数着夜晚的寂寥。

我独自向杂志区走过去，顿时就停下了脚。可能因为工作关系偶尔也会去香港、东京等国内外各地的书店，但是诚品书店的杂志区还是品种齐全得让我看到傻了眼，并且连一些日本杂志派送的小包和礼物都有专门展示，这一点像极了台北的风格，温文尔雅，礼貌待人。

在诚品书店里能够看到很多女生独自来此，想想已经是深夜快两点的时间，这里安全又宁静，她们都放弃了睡眠而在此寻找精神食粮，可见诚品书店的魅力有多么大。

相对大陆的图书而言，诚品的价格并不便宜，可是不知道你会不会同我一样，当置身在这里的时候便自然而然地掉入这巨大的诱惑之中，疯狂地买书，十分渴望把那些装帧精致、内容有趣的书带回家。我想，背着重重的一包书从台北转机到香港再拖回上海的事情，肯定不止我一个人会做，因为很少有人能够抗拒深夜的诚品书店，一踏入书店你便会喜欢上这里干净整洁的木地板，那是可以随便坐在上面看书的，也是你时常能够在电影里见到的样子。诚品书店带着一些亲和力也透着股距离感，亲和力是太多熟悉的电影和书本里提到过的，距离感就是你和台北的距离。

书店的风格划分得非常清晰，从杂志到畅销书、英文书、小礼品的部分都做了十分细心的摆放和区别。除此之外，畅销书和新书折扣几乎是每周更换。开书店就像是开餐厅一样，内容和服务的好坏直接影响着是否能吸引更多的读者来此读书，爱读书起码比爱吃来得更有品质吧。

Tips：

1.诚品书店很安静，所以请把手机调成静音或者振动，也不要大声说话，切记在这样的店内要先为别人想想。

2.诚品书店可以刷银联卡，并且买到一定的额度还有折扣，非常方便和划算。

去看看三毛的台北

.
.

说起台北一定要聊一下我心中的三毛。

一直珍藏着少年时在新华书店里买到的小薄本：从《撒哈拉的故事》到《万水千山走遍》。我无数次幻想荷西的样子，应该是风度翩翩的大男孩的样子带着三毛居住在沙漠里。在那个没有网络的年代里，那些书就这么陪伴着我度过了一个又一个暑假。我在另外一个城市读高中，距离父母家大概有四十分钟的车程，往来穿梭的都是那种小Bus。时常周末回家的时候，我带着行李坐在颠簸的车厢里安静地读三毛的小说。我一直想知道，书中描写的是一个怎么样的世界，她与荷西之间又是一段如何真挚的感情。整个读书时期，我都行走在她书本里的字字句句。直到后来当我得知三毛在台北的医院里自杀，那些曾有过的猜测和幻想如同一场旧梦，瞬间醒了。

最后我买到了《回声》这张唱片，那是三毛笔下的故事，被齐豫和潘越云一次次地呼唤回来。荷西还是我想象中的荷西，而她始终都是我心中的三毛，谢谢他们陪伴了我整个懵懂的少年期。

今天，我依旧喜欢在自己的笔记本上写着"万水千山走遍"，只是当我走下飞机的那一刻才发现，台北其实并不是属于三毛的台北。

台北是她的开始也是结束。

地图上说，三毛在台北的公寓位于南京东路4段小巨蛋附近，但我去了几次也没有找到。后来，站在台北街头，我想，这个城市住了那么多我喜欢的人，我怎么可能一站站地去拜访。只要我们曾一起呼吸过这城市的空气，经过的岁月不管是良辰美景还是坎坷多变，他们都已经安身在此，留下了属于他们的痕迹，后人来悼念或者缅怀的不过是每个人梦中的台北。

台北人很实在，很多地名和食物都是就地取材。

小巨蛋其实是一个游客不常去的地方，就像是香港的红磡一样是城市的符号。小巨蛋的前身是1958年便有的一个棒球场，只是后来太多的艺人都把在这里开演唱会作为事业成功的标杆，"小巨蛋"慢慢地成了演艺圈的一个重要标签。2005年，小巨蛋有过一次大规模的翻修，重新投入使用。至此，但凡能够在小巨蛋开演唱会的艺人都是要靠实力或者唱片销量说话的。如今的小巨蛋是一个集体育场地和商场娱乐为一体的大型游乐地，如果你有机会提前在"年代售票"上查询到演唱会的门票，便可以亲自感受一下属于小巨蛋的魅力。

这些，与三毛无关。只是三毛台北公寓的不远处就能看到小巨蛋。当你行走在探访三毛旧影的街道上时，你才真切地感觉到时间的变迁，那些怀旧的情绪与现代的城市面貌互相交叠，如同穿梭在多面的时光里。

Tips:

从"台北车站"搭乘"板南线"至"忠孝复兴站"，再转搭"木栅线"至"南京东路站"下车即可到达小巨蛋。

那些怀旧的情绪与现代的城市面貌互相交叠，如同穿梭在多面的时光里。

台北潮流走透透

·
·

来到台北一定要去大名鼎鼎的忠孝东路，俗称东区。

因为工作关系去拜访过两次东区的潮流文化。与东京的原宿一样，东区在台湾年轻人的流行文化里是不可或缺的。第一次其实是误打误撞走到这里，干净整洁的街道，整齐有序的路边摊和风格各异的东区潮铺比比皆是，有那么一瞬间，我甚至有点怀疑自己是不是身在台北街头。

如果要问台北人哪里的路边摊最好吃，大概每个人都能如数家珍地和你说出一大堆。事实证明对于一个热爱食物的城市而言，你随便在哪里都能吃到好吃的料理，哪怕不合你的口味，你也会感觉与没有大排档的城市比较已经十分美味，为何？竞争。挤挤挨挨的路边摊吸引的多半是周边的客人，美味与否由他们来评判，所以除了穿衣以外，吃也是很重要的台湾流行元素。

同行的Moa是工作伙伴，美丽的女孩，早年在美国读书，我一直觉得她身上有着无限夏威夷的美式热情，开朗又带着温文尔雅。

我们在路边找了一家小店，点了炸花枝、贡丸和香肠，还有一份台湾牛肉面，统共加起来不过几十块钱，店面方便干净，老板服务热情。

这一点从细微之处便深能体会，比如你点了某个味道的丸子，店家会告诉你说"不太好吃耶，你可以选择其他"。我很纳闷，既然不好吃又为什么还在卖呢？热情的台湾店家告诉我，因为这些是台湾传统小吃，而像我们这样的外来客，第一次尝试很有可能吃不惯。当然，如果你抵挡不了诱惑，非要尝试一下，店家会非常贴心地为你服务，那种从细节上的周到让人倍感温暖。

点上一份不吃也觉得没问题，没错！这就是文化差异。

东区最早是由几家自营店铺开始发展的，其中的很多店家都是早期在西门町开店后来选择了东区。相对西门町的亲民，东区多了几分个性。最早东区的店铺多为本土品牌，直到最近几年开始有国际比较知名的例如UNDER COVER、Head Porter进驻到了东区。这是一个你看得到变化的潮流街区，过去的、新兴的都汇聚在此，可以逛、可以吃的店越来越多。

台湾的时装流行文化深深受到日本文化的影响，无论是爱穿裙子的女生，还是各种简约系的潮流设计，都无一例外地受到了日本潮流的浸染。当然，由于气候、环境等多方面的因素，外来潮流在台北落地后也形成了自己的风格。例如因为天气关系，通常以T恤文化为主的城市不能看到很多厚重的棉衣，他们更习惯层叠搭配法。无论是在西门町还是在东区，随处都能看到各种穿着个性的年轻人，只是很多时候我又有一些困惑，什么时候这里才有属于台北的潮流品牌，可以在世界潮流领域发光发热。

在一次对一位韩国造型师的采访中我问他，香港、台湾，还有大陆的流行文化，他更中意哪一种。他坦言更爱的是香港，起码可以买到类似5cm这样包装和流行感都十分不错的本土设计。

因为宣扬亲民文化，台北更像是一个适合生活的城市。2010年年底，我有幸去参加了Simply Life音乐节，本来以为也无非就是像国内的某些水果音乐节一样有同类的演出，于是并没有抱很大的期望。

演出地是在台北市区内的一个公园里，有一点类似798的地方，有很多厂房，每一间厂房都有从食品、创意、设计到品牌的各种展示柜台，非常有条理和值得逛，并且很干净。

相对于国内的创意集市，简单摆一些笔记本和T恤，这里简直就是一个大型的游乐场。除此之外，每天不间断的现场Live也相当吸引人。非常幸运，我去的当天，压轴就有张惠妹和王菲。

除了售卖吃喝玩乐的各类商品外，最让我吃惊的是还有一个区域专门为独立出版的年轻人展示的平台，你可以自信地拿出你的独立创作杂志和设计在此售卖或者结交更多的朋友。就像主办方说的，其实一切只是需要简单一些，大家就会更加喜欢，简单做一件事情，简单爱恋一场。

其实一切只是需要简单一些，大家就会更加喜欢，

简单做一件事情，简单爱恋一场。

阳明山上看星星

•

•

去阳明山并不是在计划之中，只是那天刚好酒足饭饱，Moa提议说不如去泡汤吧，反正闲着也是闲着。我想想也是，来一次台北，如果只待在市区应该是一件很无聊的事情。

从酒店打车去阳明山其实也没有想象中的那么远，因为台北也没有那么大。这段距离应该还没有从静安寺打车去上海浦东那么远。大概二十多分钟，出租车便开始在蜿蜒曲折的山路上前行了，电台刚好是台北之音的调频。

"在台北生活，就听台北之音……"

半山腰开了很多不同的汤，价格从几十块到几千块不等，我们沿着山坡往上走随便找到了一家。大池的汤是男女分开来泡的，整个温泉旅馆像极了日本的风格，简单干净，付了钱直接走到更衣室和洗澡的地方。温泉是半露天的，一半热水一半冰水，难道这就是传说中的冰火两重天？我自己偷笑。可能不是周末，只有两个客人在热水池里泡汤，边上还有一个迷你的桑拿室。跳入水池抬起头便是星空了，想一想已经多久没有如此自在地仰望星空了呢?

在城市里生活，除了工作还是工作，琐碎不堪，犹如行走在单行路上一样无法回头。

阳明山的美妙之处是离市区很近，想泡汤或者登高可以直接开着车向山顶前进。每年春季，更有大型的阳明山花季观赏樱花，其盛况绝不亚于日本的美景。如果你看过《第36个故事》，那么你一定记得桂纶镁开车前往市区买海芋的样子。海芋，也叫马蹄莲，白色的花朵随着阳明山的风一路向前，满满一车的海芋从山顶运往了市区。如果是白天来到阳明山，那不妨沿着竹子湖走一走，每年12月到次年的5月，这里有长满了白色花朵的海芋田，场景十分壮观，美到令人窒息。

Tips:

可以从阳明山站转坐9号公车到竹子湖站下车即到，大部分去阳明山的台北人都是开车前往的，如果是外地的人打车或者租车都是不错的选择。在捷运的台北车站也有车直接抵达阳明山。

你心中的台北

·
·

对于很多人而言，台北就像是一个梦，梦中萦绕着魂牵心系的乡愁感。那是从刘文正时期开始延续的梦，也是邓丽君小姐唱过的关于小城故事的梦，更是东方快车、小虎队、林志颖的舞台梦。

我想，我的台北梦一定也和林志颖有关。这大概是20世纪80年代出生的一代人初高中时期都曾有过的一个梦，一个唱着歌、跳着舞的林志颖给过的关于夏天的梦。

那真是唱片的一段黄金时期，我的台北主角是林志颖，更多的人应该有张信哲、无印良品……2010年冬天，我重回台北，刚好是滚石三十周年演唱会结束时期，跟在后面的是一堆耳熟能详的名字：飞碟唱片、福茂唱片、百代唱片……那么多熟悉的名字变成一张张磁带或者CD，那是最好的时代，也是难以复刻的时代，因为一切都已经过去了。

听着滚石三十周年出的《快乐天堂》复刻版，似乎很难想象李宗盛、潘越云、张艾嘉、周华健、齐豫都曾经如此年轻，掰着手指头你几乎都说不完那些经典的名字：齐秦、娃娃、陈升……如果这时你正站在台北的街头，伴着那些老歌，仿佛感觉这些你喜爱的歌手也站在你的身边，他们和你在同一个城市里呼吸着、生活着，顿时心中就温暖了起来。

台北的便利店多得和香港一样，可是台北的便利店又各不相同，各有特色。整个台北几乎被"7-11"和"全家"两家连锁便利店所占领，多到一条街上就有好几家，比如对街会同时出现两家7-11。

第一次到台北感觉很好奇，明明同一家店为什么还要分别开在对面。台北人说，台北实在太方便，以至于让人懒惰了下来，如果家楼下有一家何必又要过个马路跑去另一家。如果那样，这边的人大概就不会选择7-11了吧。而便利店的细微之处还不仅仅只是便利，贴心和亲和力也是十分值得大陆便利店学习的。台北便利店吸收了日本以人为主的经验，每家店的服务员都热情好客，并且大一些的便利店都还有桌椅供你休息，小到关东煮、烤红薯，大到各种吃喝玩乐、生活用品一应俱全，并且各大电视台轮番播放由桂纶镁和仔仔主演的便利店温暖又精致的广告。我想，任何一个走进台北便利店的人都会即刻爱上拥有便利店的超级生活。

我突然想起第一次去台北是2009年的秋天，当时和苏还未分开，刚好赶上万圣节。同事约我去吃麻辣锅，结果酒就那么一杯一杯地喝多了，我坐在出租车里看着窗外的台北之夜，大街上到处都是万圣节Party穿得稀奇古怪的人群，我是半醉半醒地看着这个正在狂欢的世界，打算直接回酒店倒头睡觉。

深夜接到苏的电话，我从床上爬起来，昏昏沉沉地低声问："怎么了？还不睡觉？我喝多了……"

电话那边是一段静音，苏轻轻说："我想你了。"

我嗯了一声，没有多说，心安理得地挂上了电话。

有些人，有些城市，你会一直遇见，也会一直错过，就像是冥冥之中你们注定没有缘分一般。虽然前一刻还拥抱在一起，但也许是时间未到，你不知道下一秒你们便相隔千里。这是后来我才明白的道理，相遇和错过只是一个细微的瞬间，那些想念看似清浅不着痕迹，娓娓道来时也常常感觉不够深刻，于是便习惯轻描淡写地对待，直到失去。

我不知道，与苏之间，我们是否有过重来的机会，是在哪个瞬间。

再一次来到台北，是2010年的冬天，同样的季节，同样的地点，只是这时的我们已经选择了分离。很奇妙的感觉是我无法从手机里给这个人发任何一通短信，我已经不需要告诉她是否平安抵达，也不需要告诉她是否又一次醉在了台北的街头，更不需要告诉或者了解彼此现在是否幸福。

言犹在耳，但思念却像是一道线轻轻地画了过去，又好像童年时期丢失的一件心爱的玩具。我清楚地知道心之所向，且伤口依旧疼痛，可是我已经无法再拥有。

2010年12月的台北街头，暖阳高照，我在7-11买了City Cafe的热拿铁，抽中南海，等待捷运，耳机里是庾澄庆的歌声。
想起好朋友在博客里的一句话：

"我相信每个人心中都只能承载很少的感情容量。比如：恋人一人，好友三人，亲人四人。或类似的如此。我会原谅你的。假如你把我忘记了。"

时间是魔鬼，不经意地就让他流进了你的血脉，又不经意地让你老去了一些。

这个城市，是我仅能够给苏和自己的，如果一切都是真的，就请忘记我吧！

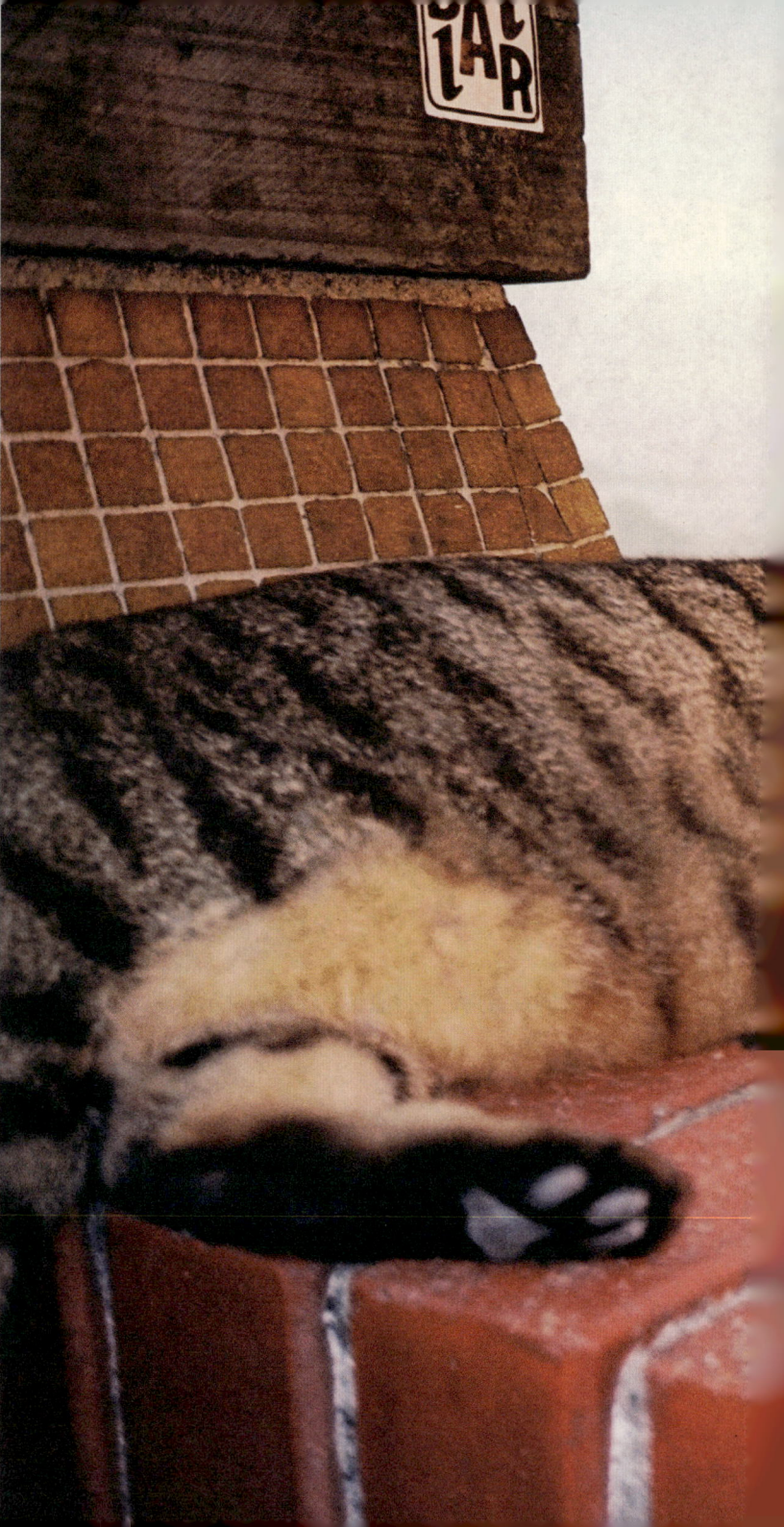

曼谷——思念不打烊 凸

条条大路通曼谷

· ·

去泰国好像是身边每一个朋友经常提起的话题，这个东南亚的小国家让无数人喜爱和眷恋，它像是某款特制的香水，香茅的味道和汗水交织在一起，偶尔想起来仿佛永远是那样的香味，永远炎热，永远属于夜晚。

有时候，我不理解为何大家都如此热爱这个国家，哪怕是几年前红衫军占领曼谷连机场都封闭了，也依然浇灭不了人们对它的无限热情。泰国既没有越南鲜明的政治色彩，也没有马来西亚传统的娘惹文化，所谓微笑的国家应该都是从那些微笑的佛开始的吧。

俗话说条条大路通罗马，而曼谷就好像是亚洲的罗马，一个看上去与世无争，好吃好玩又可以挥霍青春的地方，每个人都可以在这里找到自己的归属感，不管是快乐的还是寂寞的。

为什么说条条大路通曼谷呢？

首先是廉价航空抢占了中国市场。2007年我第一次去曼谷的时候乘坐的是廉价的亚洲航空从厦门飞往曼谷（现在已经停航了），来回不过一千多元人民币，有时候更便宜。这些年机票更是低廉得令人惊呼，各大航空公司似乎把泰国定义成了国内的后花园，从杭州、深圳、广州等各大城市都有便宜而便捷的飞机往返。除此之外，泰国为了巩固其旅游地位经常做活动免签，这给我们这些签证难的地方带来了一剂强心针。说到底，选择去泰国的原因有很多：便宜的消费，优质的服务，从购物城市到全球数一数二的潜水圣地，又或者是佛教徒……泰国给太多想要出国的人一次最好的机会。

我问过身边的很多人，他们第一次的出国经验多半都是留给了泰国。

泰国的魅力太大，以至于大多数去过的人都会成为回头客。这里不比香港、东京的时尚和繁华，泰国有着自己更为深刻的意义——美食、宗教、各种优质便宜的SPA。

其实随便哪里都可以买到一本超级厚的旅行书给自己的泰国游充电，那么有人也许会问，为什么我要看你的泰国？没错，虽然这是属于我的私享泰国，充满了个人化的泰国之旅，但也许还能找到你的影子呢！谁知道呢！

大多数抵达曼谷的航班都是在深夜，很多人都会担心是否还有车进城？是否还有住宿的地方？是否还有吃的？如果是第一次去曼谷的话，你完全不必把这些在其他城市会遇到的问题放在心上，因为这是曼谷，只是曼谷，一个属于夜的城市。

从抵达机场的那一刻，我便感受到泰国人的无限热情。各种装饰怪异的出租车和小贩在机场门口等成一片。这个市场实在太大太杂了，以至于每个初来乍到的人都担心会被宰被骗，其实相比很多城市而言，曼谷还算是比较规范的。我建议从机场出来，如果时间还不算太晚，可以尝试乘坐轨道交通到市区然后再打车，虽然听起来有些周折，但是十分经济实惠。当然如果有朋友同行，打车也比较划算，不过一定要打表，而不是在机场出口让工作人员计价，因为通常他们给的价格都会超出打表的价格。

曼谷实在太过庞大，常常显得杂乱无序，因为罗马字母或数字的拼法不同，很多时候司机都会在途中迷路，前期的准备工作，不妨把酒店的地址用泰文打印出来，或者直接让司机与旅馆的人通话，这样的话会省去很多不必要的欺骗和争吵。

我想，世界上唯有在曼谷可以乘坐着轻轨穿行于高楼大厦之间，转过头时看到的又是庙宇林立，历史悠久的宗教艺术与现代化的建筑交错，感觉十分奇妙。这个闻名于世的佛教国家，从19世纪开始便深深受到了欧洲的美学影响，那些奢华的皇宫区让每一个驻足于此的人都叹为观止。

2007年第一次到曼谷，已经觉得炎热不堪，连呼吸都困难。旅馆是朋友在网上订的，早已经忘记了名字，简简单单的，在市区的一条小路上。

曼谷的旅馆虽然多，但是能够入住的机会却很有限。我在泰国落脚的运气却格外好，住过的两家酒店都非常有特色，创意设计在全球也十分有名，无论是酒店的户外广告还是整体的包装设计都可以看出店家的用心之处。

HQ HOTEL位于热闹的Silom路上。这条名叫Silom的奇妙街道，白天是曼谷的金融中心之一，各种穿戴齐整的白领在此出没，而一到了夜晚这里便彻底改头换面，成了著名的红灯区，形形色色的人穿梭其间，也许其中就有白天与你擦肩而过的某个职员。HQ HOTEL的门脸很小，藏在Silom街的一条岔路的最里面，隔壁还有一家咖啡店。HQ很像国内的青年旅社，设计简洁、干净舒适，一楼的小咖啡馆每天早上都会提供不错的早餐，二楼则有看DVD和上网、看书的区域，房间里的高低床铺位最便宜的不过几十元人民币，很适合几个朋友一起住，不过前提是为了省钱，旅馆里集体使用的洗手间让人仿佛回到了大学时候。

另外一家Tenface酒店是早年工作时参考网站后一直保存在收藏夹里的，结果再去曼谷时刚巧就预订了这家。Tenface酒店的位置有些一般，但却有着十分个性的装修和服务，房间通常是一室一大厅，第一天入住还有见面礼，包含一张曼谷地铁的通票和一张手机卡。酒店的装修将泰国的现代和古代文化相结合，很多艺术品都在整个旅馆里不起眼的地方呈现。游泳池在一楼，倒是不太大，在曼谷，除了青年旅社，几乎每个酒店都会为游客配置一个游泳池，这家旅馆每天还有小车接驳去地铁站，十分方便。

Tenface酒店不算曼谷的大型酒店，但是服务很细致，甚至配有胶囊式的咖啡机。说到价格其实也不算是天价，但相对于HQ就贵了许多，平时大概四百元人民币一晚，绝对超值。餐厅主要以西餐为主，价格不菲。

好像曼谷的每天下午都会下一阵雨。我们抵达酒店的时候应该是阵雨过后，街道旁开满了火红色的花朵，夜晚溽热的空气里混杂着雨后灰尘涤荡的味道和隐隐的花香。

因为没有吃饭，我们几个人在旅馆放下行李后便出门寻找路边摊。要找到吃的并不难，很快就看到几家店在不远处亮着有些昏黄的灯光。随意坐下来点了炒米粉和当地的啤酒便狼吞虎咽起来，苏和另外一个朋友默默地在一旁抽起了烟。

我们依旧是旅途中的状态，不太说话，做得最多的事情是一起抽烟和拍照，用自己的相机，默默地，只是默默地拍下一张张照片。

旅行就是默契感的最好体验时间，比如爱吃的菜、喜欢的味道，还有彼此的起居时间都影响了彼此。

Tips：

1.HQ HOTEL地址：5／3－4 Silom Road，Silom Soi 3

http：//www.hqhostel.com/

2.Tenface酒店 地址：81 Soi Ruamrudee 2，Wireless Rd.

http：//www.tenfacebangkok.com/

醉在曼谷的天上

．
．

在曼谷是不能不喝酒的。

2010年我重回了很多地方，似乎成了走老路的代表，曼谷也不例外。
我和Leo、小黄瓜、木头一起重游曼谷，第一件事情便是去朝拜当地的
知名顶楼酒店Tower Club at Lebua的空中酒吧Sky Bar，这里几乎是所有
来曼谷旅行的游客的必到之所。第一次因为苏没什么酒量而错过，这
次Sky Bar是我们在曼谷的第一站。

Sky Bar绝非徒有虚名，首先要注意的就是衣着得体，通常男生穿短
裤或者拖鞋都是不得入内的。第一次去便因为同行中有朋友穿了短裤
被拒之门外；第二次冒着小雨，木头特意穿了长裤，但意外的是那条
D&G的破烂牛仔裤，又成了服务生对我们说"对不起"的理由。一群
人最后只好在路边临时买了中规中矩的裤子换上，才得以进入了这家
高级酒吧。

Sky Bar的高级之处不仅仅只是因为楼层高。曼谷的高楼不算多，所

以数一数二的都找得出来。当电梯到达六十九层楼顶时，心情也随着high了起来。一走出门眼前便豁然开朗，十几张白色的大沙发在露天处随意摆放着，单点啤酒也不算贵得离谱，花几十元人民币买这样的风景实在很划算，如果预算允许，在这里吃上一顿黄昏的晚餐就更浪漫了，不远处的圆形吧台还能够变化出各种不同的颜色。因为大家几乎都是故地重游，所以几个人喝着酒忽然发觉时间就这样慢慢地流逝了。同样的一个地方却已经物是人非，尽管我已有了新的感情，但望着身后的曼谷雨夜，心中还是忍不住涌起一丝感伤。这感伤放在心里藏着掖着，怕被人看到，怕伤到他人，却料想不到早已生根发芽，在某个时刻深深地刺痛我。站在酒店的最高处，对着窗户我吞下了一整杯酒，今天就让我醉在曼谷的雨夜里吧。

Tips:

Sky Bar

www.lebua.com

地址：1055 Silom Road，Bangrak，Bangkok 10500，Thailands.

古城的繁华和悲伤

· · ·

第一次去寺庙应该是小时候和家人一起，大人们跪地求拜，顺手也拉我跪下，我懵懂而天真地跪拜了高大的神明。但时至今日我依然没有信仰，只有虔诚的尊敬，冥冥中我觉得我应该是和佛有缘的人，或许时间未到，诉求未果。也曾去过香格里拉一个偏僻的寺庙里转山，一圈又一圈地不知疲倦，大气压得我透不过气来，但抬起头却看见了光芒照耀在佛塔之间，每尊佛都不一样，每尊佛又都是善良的精神领导者，于是我不再执迷于自己到底该皈依哪一派才能得到更好的祝福，因为这些祝福都已经在我的心里。

没有信仰的人是不是很可悲又或者说是不是没有心灵的寄托？从古至今所有的答案都是一样的，人们需要信仰，只是在神灵面前人们顿时弱小起来。

所有去往曼谷的人都会把大皇宫作为朝圣的第一站，我和苏也不例外。这座建于1782年的大皇宫是仿照旧都"大城"所建，外观以白色为基调。踏入大门的一刻，暹罗式的建筑风格便清晰而铺天盖地地呈现在了眼前，整个皇宫金碧辉煌，色彩斑斓。二十八座古建筑坐落其间。泰国皇朝历代的加冕都在此地，他们在这里议论政治、生活以及国家事务。和大皇宫并排的是气宇轩昂的玉佛寺，在太阳的照耀之下金光闪闪。看着全国的能工巧匠描绘的壁画布满穹顶，红色和金色交织在一起，佛祖则高高而沉稳地端坐在上面，我们一行人安静地坐在玉佛寺的大堂里看着神灵发呆，有人低下头，双手合十悄悄地对佛祖说话，有人却静默地坐了一个小时。

对于太多没有信仰如我这般的人而言，有时候来此安静地坐坐本身就是一种虔诚的倾诉。曾经有人说看到佛祖便会泪流满面，我虽然不会这样，但心中有伤口的人在佛祖面前似乎可以放下很多忌讳的、不安的、痛苦的、悲伤的事情，你只要和他对话，倾诉给他听，哪怕只有一会儿的时间。

去过两次大皇宫，但始终觉得下一次还会再去，说不出理由，有些地方就是这样令人迷恋。我买了新鲜的莲花和蜡烛献给神灵，却没有许愿，所有的愿望都不是靠等待来实现的，我只是告诉他那些埋在心里的话，快乐的、悲伤的。2010年5月的某天，我坐在菩提树下听着歌昏昏欲睡，林一峰的《重回古城》在耳边百转千回。

我又一次在梦中到了这里，头靠在车窗上，身边是笨重的行李，那是从曼谷中心火车站开出的末班车。远远地，我看到苏跟着列车跑啊跑，跑啊跑，但耳机里的声音那么大，以至于我根本听不到她的声音，于是最后连一句"再见"都来不及说，她便渐渐地落在火车的后面。火车穿过整个城市的时候，到处都安静了下来，只听得到列车轧过轨道的声响。天将暮色，皇宫的金黄色也被晚霞染得和这个城市的天空一样火红，那红色落进了我的双眼。车越来越快，越来越快，快到苏的身影变成了一个模糊的点。而在日暮的最后一秒，所有的颜色都从地平线上消失了，星空徐徐升起，那是电影《暹罗之恋》里的某个画面。我在大皇宫的菩提树下做了一个去往"大城"王朝的梦，梦中只有我，没有苏，她就像那些日暮消退后升起的星辰一般隐没在火车尽头。

从曼谷去"大城"的交通很方便，在华南蓬火车站每天都有很多开往大城的班车，这是距离曼谷市区八十八公里蕴含泰国所有的精华和悲伤的地方。

大城又称"阿育塔亚府"，是泰国的故都。阿育塔亚在梵文中意思为"不可破灭之城"，六百年前，泰国的首都便在这里。历史上的泰国经历过四大王朝：素可泰王朝、大城（阿育塔亚）王朝、郑王朝以及现今定都曼谷的节基王朝，其中大城王朝的统治时间最长，它历经四百一十七年共三十三个国王，但在公元1767年大城王朝最鼎盛的时期，却因为缅甸人的入侵而覆灭了。说它蕴含精华是因为历代王朝都建立于此，遥想当年的繁华绝对不亚于大皇宫的美丽和壮观，说到悲伤是因为外来的侵略不仅令一个伟大王朝灭亡，同时留下的是宫廷的毁灭，残骸累累。

从华南蓬火车站出发到大城大概需要二十泰铢。火车站嘈杂喧闹，到处是从这里去往曼谷各个城市的人。我从路边摊买了食物自己吃了起来，拿着冰可乐抽着烟等待火车的到来，来来往往旅行团的人各自找到自己的归属，而我只有苏。

火车两个小时便能抵达大城，泰国的火车和国外的火车差不多，没有人检票，全靠自觉，偶尔在车上会遇到查票的人。火车很破旧，像是国外淘汰下来的车厢，慢慢悠悠地开往大城。大城被联合国教科文组织列为世界文化遗产，我向来不迷信这类名目，但却无法抵挡它的魅力。我和苏，还有两个朋友结伴来到了期待中的大城，下了火车沿着公路一直走下去，有小警局可以租自行车，于是花了几十元人民币租了自行车悠闲地骑过去。

与其说我们是去看大城的繁华，不如说是去看整个泰国的悲伤。远远地就能看到四处零落的巨大佛像，因为年代久远，所以每尊佛看上去都仿佛悲伤至极，雨水的冲刷使佛像都失去了原有的颜色。站在广场上，想象着这些宏伟的建筑曾经的辉煌，再看看城墙已坍塌得与膝盖齐高，很多头像都已经被偷走或抢走，那种悲凉瞬时将我包围，无法想象这里曾有的繁华和接踵而至的兵荒马乱。这些面目斑驳的大佛寂静无声地在这里端坐了几百年，宁静又微笑，微笑又孤独。

我和苏走到了阿育塔的大佛塔前，据说这里是继吴哥窟后的世界第二大佛寺，也是目前世界最高的佛塔。苏站在佛祖的面前不言不语，安静地闭上眼睛。我不知道她在心里许下了怎样的愿望，我只是站在她的身边，心中满是安定。

下雨了，淅淅沥沥的小雨开始蔓延在整个大城里。不知是我内心的悲伤溢出了心外，还是整个寺庙的悲伤浸染了我，我默默地看着远处起了一层薄雾，模糊又清晰地记录着此时此刻的风景，我和苏相距不远却有些看不清她的眼睛。

大城，如同被蒙上了薄薄的面纱，随着细雨飘忽得遥远而神秘，也许那才是真实的大城。

邓丽君的1502房间

.
.

2007年第一次拜访泰国的时候是从曼谷到清迈，然后从普吉岛回到曼谷。那一次旅行印象最深的莫过于泰国的北部小城——清迈，好像是魂牵梦绕的地方，冥冥中有什么特别的力量吸引着我重新去拜访，我的耳边是邓丽君《小城故事》的歌声："小城故事多……若是你到小城来收获特别多，看似一幅画，听像一首歌，……唱一唱说一说，小城故事真不错……请你的朋友一起来小城来做客。"

最初知道"清迈"这个地方，还是在初中二年级，床头收音机里的台北之音播放着新闻，断断续续地说道："著名歌手邓丽君于1995年5月8日的下午突然哮喘病发，不幸在清迈的湄滨酒店去世。"那时候清迈对我而言只是一个符号，遥远不可及而且陌生，但因为邓丽君，我记住了它。

我知道，应该起程去清迈了，这是少有人选择的路线，一个泰国北部的小城市。如果说大城是整个暹罗王朝辉煌和没落的象征的话，那么清迈更像是泰国的心脏，这里曾经长期作为泰王王朝的首都，海拔三百多米，依山傍水。虽然泰国是这么小的国家，依然可以在清迈感受到泰北独特的文化。因为盛产玫瑰，清迈又被称为"北方玫瑰"，这里没有沙滩，也不能潜水，但依旧有人对她情有独钟，清新的空气、低廉的消费（比各位觉得消费便宜的曼谷还要便宜呢！）、连绵的庙宇，几乎走几步便能遇到一座寺庙。来到清迈，整颗心都安静了下来，只需要租一辆自行车慢慢地晃悠在古城里，感受那些熟悉的声音。

在清迈，我并没有刻意要去寻找这家酒店，只是因为太有名而不得不在外面停留片刻，邓丽君晚期曾化名DengLiYun在此登台表演，这应该是她最后几次的演出了。照片里，邓丽君穿着泰国传统的服装，头上有一朵美丽的花，从台北到曼谷再到清迈，很难想象她为何如此偏爱这里。如果你是邓丽君的粉丝，那一定要来这里看看。这家至今仍保存着邓丽君当年去世时布置的酒店，价格不菲，五千元人民币一晚的价格让人望而却步。可是如果真的喜欢一个人，而且她早已经随风安葬回了台湾的故土，再也无从寻找，只有那些照片和声音依然令人回味，似乎一切都是值得的。

旅馆不在市区内，这是我特意挑选的。第一次来清迈的时候，我和苏住在了市区，到2010年重回清迈我选择了更为安静的地方。说是旅馆，这里更像是一个度假村，每栋房子就是一户人家，我和Leo、小黄瓜、木头、黄小鱼五个人从曼谷来到清迈，一进旅馆大家都呆掉了，茂密的丛林，干净整洁的道路，整个旅馆僻静得似乎只有我们五个人。因为刚好赶上我生日，木头特地邮件通知了店家为我准备了一大束玫瑰花（为何是玫瑰花？），贴心的店家还送上了一大花篮的水果，我们几个人喜出望外地奔跑在房间外的草地上。

旅途的快乐有时候就是这样充满了惊喜，在你不经意间挑到了一个很喜欢的旅馆，然后收到意外的礼物和祝福。在这漫长的旅途中，和什么人一路结伴而行似乎是冥冥中早已注定，那些快乐和悲伤有人一起在旅途中与你分享，最后把记忆全部丢在那些可能再也回不去的时光里。

坐车前往城区，沿路是整片绿色的田野和各种五颜六色的广告牌，广阔的田野一块接一块地在视野范围内延伸直到看不见，大概十五分钟的车程便抵达清迈市区。用边城来形容清迈最为合适不过，清迈的布局有点类似没有开发过度的丽江，一座地道的古城，尽管没有开发，但每一年清迈其实都有着巨大的变化，只是这些变化都没有影响清迈的自然风景。整座清迈古城四四方方地铺展开来，每座寺庙都有一段故事，很难记清楚每一座寺庙的名字，因为实在太多了，多到每隔十几米便有一座陌生的庙宇。

清迈的商业开发主要是在基础建设上，比如建设了越来越多的精品旅馆，越来越多的手工和设计店以及SPA店遍布在整个古城里，当地人依托着古城的繁华快乐地生活着。

我骑着自行车，沿着凉爽的清迈街头独自前行。因为流汗湿了耳机，里面有蔡健雅慵懒的声音。

再次回到了清迈的古城广场，在2010年10月秋天的清迈古城里，慢慢地抬起头，这里依然可以看到很多鸽子在远处飞翔，下午近黄昏的广场上，嘟嘟车一辆接一辆地穿梭其间。朋友们都在四处拍照玩耍，而我独自默默地抽着中南海听Chris Gameau的歌曲。城市仿佛在这一刻慢了半格，然后停顿下来。手中的烟也变得不像是烟，因为散得那样慢；车也不像是车，因为速度缓慢得如同在眼前走过一般。是啊，三年了，我重新回到了这个广场，和我新的爱人，我问自己，你到底还想要什么？

天空又飘起了短暂的小雨，这在泰国早是习以为常的事情，那些感触就像是我的一口烟，慢慢吸进去再快速地吐出来，看它们在空中散开，再也找不到也嗅不着，也许那就是费罗蒙的味道。我知道那是一种如影随形的想念，可我同时也清楚地明白那份想念已经开始慢慢地离开我的身体。因为太累了。

有几个僧人披着橙色的袈裟在雨中匆匆地走了过去。远处的山脉被云朵环绕着，依稀竟然还能看得清楚晚霞的到来，整座古城安静无比，Leo拍了一下我的肩膀说："走吧，去双龙寺。"我点了点头。

Tips：

Imperial Mae Ping Hotel（邓丽君居住过的酒店）

地址：153 Sridonchai Road

在这漫长的旅途中，和什么人一路结伴而行似乎是冥冥中早已注定，

那些快乐和悲伤有人一起在旅途中与你分享，

最后把记忆全部丢在那些可能再也回不去的时光里。

雨季去看双龙寺

:
:

双龙寺是清迈众多庙宇中最著名的一座，很容易就可以在地图上找到。

据说泰国有百分之九十的人都信奉佛教，一般年轻人在成年之前都需要去寺庙修行几个月，就好比我们要读小学一样。人生的课堂是去寺庙里修行，我想这也不失为一种很好的方式，起码佛是善的，有信仰的人会一直心存感恩。

我们冒着小雨来到了传说中的双龙寺，这是一座由白象选址，皇室建造的寺庙，所有的一切听起来都充满了传奇的色彩。双龙寺十分宏伟，金色的巨龙在屋顶盘旋，因为远离曼谷而没有受到战争的侵袭，少了些岁月的痕迹，依然保留着原本华丽而真实的模样。泰国所有的寺庙都是没有所谓门票的，捐赠全靠自愿。你不必害怕那些坐在寺庙里的活佛，尽管他们真的离你只有几米远，但你依然可以像对着吴哥窟的那些大树一样安心地倾诉，对着他们说出你的秘密吧，你的快乐，你的不安，他们全都听得到，而且会虔诚地为你祈祷。

坐在双龙寺的大堂里，每个人都说出了自己的故事。可以和亲近的朋友，和信奉的神灵，哪怕是和一棵树说说话，说那些很多时候无法和最爱的人说出的心里话，真的是一件幸福的事情。因为不管是父母还是爱人，我们常常会因为太过爱护而担心在言语之间不经意会伤害到他们。那些字字句句是深种在内心的苦，也许只是需要倾诉的过程，那么请留给好友或者佛祖吧。当你的心获得了解脱，也许这才是信仰的伟大。

从双龙寺出来，我们一路坐车去往半山腰，Palaad Tawanron餐厅靠着一个小瀑布，可以看到整个清迈的夜色。

餐厅修得很漂亮，就在瀑布边上，吃饭的时候还听得到潺潺的溪流声，不远处，清迈城已经降下了夜幕，整个泰国就这样在这里安静了下来。可能是因为太过美丽，那天晚上我们买了很多酒，喝得七荤八素，聊起了很多童年的事情，很多读书时候的事情。你会发现，埋藏在心底的那些往事啊，说出来，便会豁然开朗。

酒足饭饱，司机带着我们离开这里，夜晚时分，车从山上慢慢环绕而下。我靠在后座闭上了眼睛，把车窗全部摇开，风就这样扑面吹了进来，我知道自己已经醉了过去，知道这里不是墨尔本，不是阿德莱德也不是楠溪江，这里是清迈的山谷，别人都在车上开心地跟着电台歌声哼唱着，我却感到了莫名的悲伤，虽然这悲伤只能短暂地留在车上十分钟。关上窗户，又是一个新的我。

远处的寺庙传来阵阵钟声，像是要告诉我回家的路，从哪里来，便应该回到哪里去。

Tips：

地址：Th Suthep，Chiang Mai，Thailand

第3章··○○

生活在别处

make

your

trip

北京——心情后花园 凸

2005年，因为想到要做自己的一个摄影展，我重新认识了北京。为了省钱我和几个朋友在上海江宁路一家小川菜馆里吃过晚饭后，便一起匆匆踏上了去往北京的夜车，尽管火车一直很喧嚣，可是每次上火车后还是会感觉喜欢这样的旅程。依旧是我无法入睡的夜行列车，迷迷糊糊中我们在清晨抵达北京西站，北京的朋友小V和宣谣来接车，带我们在地坛公园边上的一家餐厅吃早餐，那是我真正对北京有深刻感情的开始。

当时的三里屯并没有现在这么气派，只是一条酒吧街而已，展览便被安排在其中的一家。而最戏剧性的是我带的所有照片在布展的前一天晚上被小V丢在了出租车上，最后只能重新打印。

我至今还清晰地记得那是北京的深秋，整个三里屯附近都是黄色的银杏叶子，见了很多认识和不认识的朋友。每天早上大家相约到三里屯晒太阳发呆，那样的时光，好像是一去不复返了。

五岁时，我第一次去北京，印象深刻。

按理来说，一个五岁的小朋友对于一座城市应该没有什么记忆，而我，真的记忆深刻。

奶奶有六个儿子，孙子辈中除了我是个男孩，其他都是女孩。可以想见，在我们这样一个传统的中国式家庭中，作为孙子，我是多么被人重视。去北京，年纪小小的我甚至还不知道什么叫作旅行，途中的很多事情早已记忆模糊，但那份被重视被高抬于人前的满足感至今都让我记忆犹新。爷爷奶奶带着我乘长途火车一路北上。

奶奶说我在火车上眼馋对面一个陌生叔叔的鸡腿，真不知道有没有当众流下口水。我记得在北京，我第一次吃到了羊肉串，这是在南方十分少见的食物，因为当时不是便宜的零食，我趁着爷爷午睡时求奶奶带我去了那家烤羊肉串的店铺，似乎小孩子的记忆永远与吃有着千丝万缕的关系，但从那之后北京便彻底地和我告别了。这趟儿时的北京之行轰动了整个家族，仿佛一场声势浩大的运动（当然这些我也是事后才知道！），因为在众多的小朋友中只有我去了北京，祖国的首都！

真正意义上的接近这座城市，应该是在大学二年级，去的原因已经记不太清了，也许是我厌倦了无休止的争吵，也许是厌倦了自己，我决定离开当时所在的城市武汉，孤孤单单来到北京。

初到北京的一周时间里，我几乎没有看到这里的白天。朋友是经纪人，多半会晚上出去谈事情，偶尔带着我。她的整个房间堆满了DVD，铺天盖地的电影和唱片，还有她去世界各地出差带回来的纪念品。我们总是在清晨睡去，从来不互道"晚安"。有时她的朋友会来家里一起吃饭、喝酒，然后放着一些当时的流行歌，没有时间也没有终点。那一个多星期我常常在下午四点醒来，北京的天刚好渐黑，和清晨将要日出的感觉很像，天有些微微发亮却不知光在何处。这是我记忆里的北京，像是要路过的城市一般。

初秋的北京，夜晚已经有些冷了起来，我一个人在天安门城楼下抽烟，明亮的灯光照映着天安门城楼，广场上几乎没有人，来往长安街的车辆和站岗的士兵让我顿时感到威严肃穆，也许这就是对于一个国家心脏的感情吧。几年后带着母亲来到她心心念念的城市，这是母亲的第一次北京之行，她最想去的还是天安门，那里就像是一个情结一般，只是想站在那里和城楼合个影，咔嚓一下都在记忆中了。

这些年偶尔出差会去北京，最大的感触就是发现大家都觉得自己变老了，这种老不是面容的改变，而更像是心态的变化，吃得好了穿得好了，可是心却不再年轻。

翻翻2005年的照片，好像就是昨天一般，原本看来漫长无期的十年就这样过去了一半。与苏分手的2006年，因为供职的杂志停刊，我失去了工作，穷困潦倒，一个人在番禺路的房子里黯然度日，仿佛所有的一切都在提醒我应该是和上海说再见的时候了。于是，我与好友小V约好在北京租了房子，同时开始处理上海的一切，房子退了，家具卖了，机票订好了，行李打包了，一心一意地准备去北京开始新的生活。

有时候我真的感觉人生很有趣，就像是一部你看不出结局的电影，跌宕起伏的情节在暗中捉弄你。

离开上海的前几天，我和苏重遇在拥挤的上海街头，如果有背景音乐的话应该是《春光乍泄》里的 *Waterfall*，汹涌的人潮变得缓慢，像是电影里的瀑布停顿下来，飞流直下又重新回转。

感情也像是那一瞬间的流转，因为这次的重遇让我和北京的一切擦肩而过。

有时候我在想，如果那一年我就这么去了北京，现在会过着怎样的生活呢，开心或者寂寞？

去过世界上那么多城市，唯独对北京有种难以抑制的喜爱，这喜爱不像是对其他城市的第一眼爱恋，而是一种长久滋生的感情，从不浓郁激烈，而是浅浅的、淡淡的，就在那里。

北京像是我的另一个家，一个熟悉又陌生的家。说她熟悉是因为这里住着很多朋友，尤其是在我看过那么多的城市风景后，更加体会到北京这座城市和这里的人透着令人暖心的人情味。那种人情味是深秋一起去香山的味道，是醉酒后的大豆腐巷胡同里的味道，也是在还未改造过的南锣鼓巷里深夜烤串加啤酒的味道，那些味道如同北京冬天的空气一般，吸一口冰冷冷的，心底却充满着暖意。

你会在这里遇到很多人，你可以坐下来与他们聊天，谈天说地，喝上一杯，不管靠不靠谱都是这个城市的方式，亲切又不孤独，这是我去到很多地方无法获得的感受。我问过很多从外地来到北京的朋友，他们都说去了太多地方还是觉得北京好，这个好很难用文字来表达，一定要亲自感受一下，并且这种好绝对不可能是你刚下飞机、火车就能体验到的，第一感觉不能让你发觉一个真正属于自己的北京。

生命就像是一个个看不到方向的转弯在等着你去选择，从心底出发，感受你最喜欢的事情和人，我想那就是你的答案了，也是我的答案，不管我们在哪里，又或者与谁相逢。

这是我的北京，我的心情后花园。

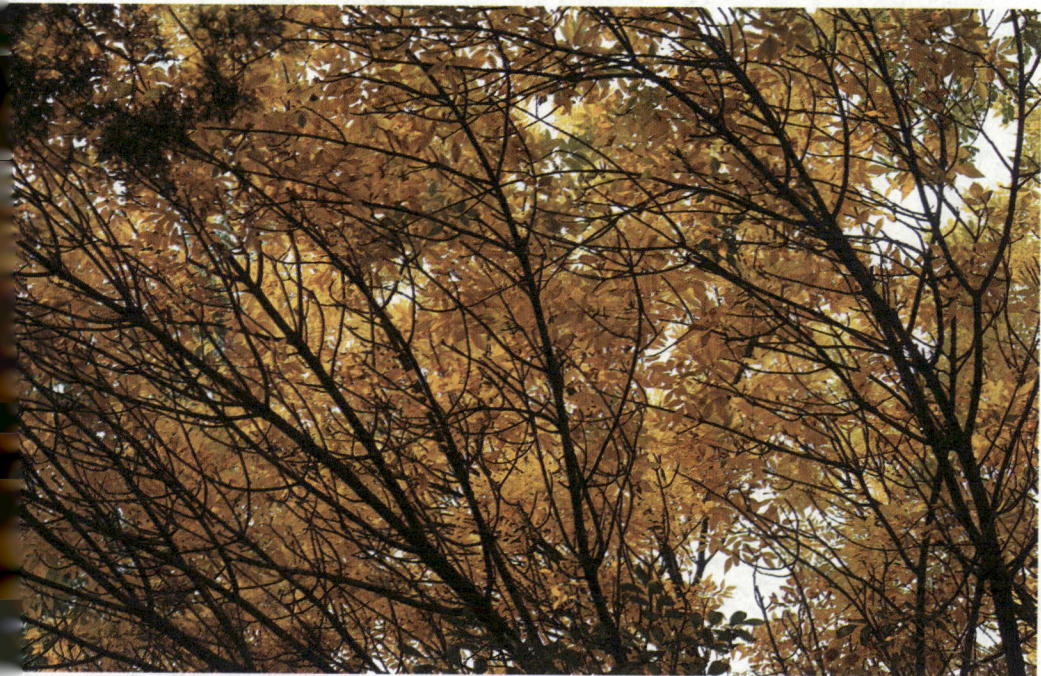

那种人情味是深秋一起去香山的味道，是醉酒后的大豆腐巷胡同里的味道，
也是在还未改造过的南锣鼓巷里深夜烤串加啤酒的味道。

厦门
——
雨后的C大调

厦门的一切都要从那家"夜百合"旅馆开始。

从鼓浪屿的轮渡下来，径直穿过一个小广场接着右转，在第一个路口
左转，接着走到一个小天桥下，对！穿过去，然后沿着路继续往上
走，便来到这家"夜百合"旅馆了。夜百合，这名字听起来感觉挺老
上海的，三层楼的小洋房大院紧闭，按了门铃便有一个大伯出来应
声，然后带我到了三楼。旅馆是两个老外一起开的，很隐蔽，隐蔽到
我几乎觉得这里是世外桃源还从未被发掘，我有时会迷路，迷失在这
几条类似的小路上。

夜百合的房间不多，所以我们三个人订了三楼的全部房间，见不到其

他客人，只有几只孤单的猫在地板上懒懒地晒着太阳。拿着行李走到三楼的时候视线顿时开阔了起来，房间的墙壁上涂满各种色彩鲜艳的图案，绚丽的绿色配着红色的楼道，还有老上海的留声机和碎花的天花板，无一不带着文艺气息，三楼的房间由一个房门相隔，没有特别多的家具，有的是老的衣柜和古旧的雕镂花窗，家具上面放着一个会扭秧歌的大头娃娃，半夜醒来还是挺吓人的。

入夜了，我和IVY、小鱼买了西瓜、卤味和啤酒，抽着烟在阳台上摆了一桌，伴着走廊的夜灯，远处传来了一阵阵的海浪声，iPod里放着古旧的流行歌曲，一切看上去都是那么地恰到好处。具体聊了什么我有些记不清了，比如会说到童年的快乐，刚毕业时青涩的感情，又或者是关于这个旅馆的一切。只是现在旅馆已经关了门，而我们三个人再也回不去了，除了地方、年纪还有情感，我对它仅有的一些记忆全部滞留在了那晚阳台的海风中，也许就像是它的名字，每一次看到百合花我都会想起这个岛上的小旅馆。

这是我对厦门的第一印象，无意间看到了这家旅馆的介绍随手抄在了本子上。2006年的夏天，我刚恢复单身，正在进行一场漫长又有目的的旅行，只想在一个有花有海，安静缓慢的地方晒着太阳无所事事。

在厦门，很多人都会提到Baby Cat的馅饼店，如果我和你说这个店主就是我的好朋友，你一定会羡慕不已，如今已经有着四家店铺的他经常做厦门的地接，能够有幸被他接待应该是很幸福的事情，比如我们会在下小雨的晚上开车去大嶝岛的小渔村吃新鲜的海鲜，时不时还能听到海浪的声音，又或者我们在大醉后的深夜从鼓浪屿码头坐小黑船到对岸去，这一切都承蒙他的关照，除此之外还有一个叫小马的朋友，他是厦门本地的公务员却兼职做音乐电台的DJ，性格乐观，经常带我们胡吃海喝，跟我到厦门的朋友，在被他们热情接待后都会问我，为什么他们那么好？为什么？

我想了想说，厦门人其实大多数都是这样，对客人好不是应该的吗？

鼓浪屿最近几年十分火爆，几乎整个岛都要被翻遍了，最初几年去厦门都喜欢住在岛上，因为有很多像博物馆一样漂亮的建筑，这几年却反而喜欢住在市区中山公园附近，同样很安静，人迹稀少，随便拍照也都很好看，其实旅行并不是一定要去看景点，当然那是一部分，像我这种去到厦门无数次都没有去过日光岩的人，我从来也不会觉得遗憾。

你能做的其实就是面朝大海，喝一杯茶，在阳光下懒懒地张开眼，看看不远处春花的开放。

。
。

　　我对它仅有的一些记忆全部滞留在了那晚阳台的海风中，

　　　　也许就像是它的名字，

　　每一次看到百合花我都会想起这个岛上的小旅馆。

福州——酒精之城

凸

这里不产酒，为何说是酒精之城呢？但凡我难过或者不开心时，都会来此喝上几杯，离上海不算近，却一直让我牵挂着。

你翻遍中国的各大旅行杂志，几乎查不到对于福州这个城市的旅行介绍，古代的三坊七巷还有福州的西湖都不足以吸引你到福州来一游，甚至很多人经常把厦门弄错为福建的省会。福州城不大不小，离海不远，因为种植了很多榕树，于是也有"榕城"这个别称。

IVY是我2005年去北京做展览的时候认识的女孩子，因为一直看我的Blog，所以很想见我一面给我一份生日礼物。因为各种原因我们没有在北京见到，之后她带旅行团来到上海，还是错过，于是只好把礼物快递给我。拿着礼物，实在觉得需要和她碰个面，于是就在南京西路中信泰富广场的星巴克见到了IVY。有些人在身边几十年都可能熟视无睹，有些人却总是一见如故，我想我与IVY应该就是这样。她是射手座，性格开朗，喜欢喝点酒，单身。

恢复单身后，我决定去福州探望她，之前带我去看海的小鱼也在那里。我想我很少会频繁地出没在一个城市如此之久，那时我每周一、三、五上班，二、四、六、日休息，记得当时还是电子机票刚刚出来的时候，年少轻狂，经常是上午上了班，中午订了机票直接跑回家拿了行李就去机场，目的地是福州。

打心眼里，我把福州当作了自己的第二个家乡，熟悉而亲切。我几乎住遍了这里的酒店，每天晚上把酒当歌，玩玩游戏，说说人生，什么忧愁啊，烦恼啊，爱恋啊，都见鬼去了。

叫它"酒精之城"，我想是因为有一半的时间我都是醉在这个城市里，然后醒在陌生的旅馆的吧。印象深刻的是一家叫"火山灰"的烧烤店，在小湖边，我们几个人喝酒醉到了天亮，早上五点多的天空有着特别奇特的蓝色，非常好看，那半年的时光都被淹没在半梦半醒之间了。

几年过去，IVY结婚了，平淡幸福，还有了自己的宝宝，生活开始慢慢走上了正常的轨迹。而我和苏在路上始终颠沛流离，不知哪里才是终点。在一起那么多年苏都不曾去过福州，说来这也算是我的一点遗憾。

当你想念一座城市的时候请努力回想，也许真的不是动人的风景或者美味的食物，到头来最让你牵挂的还是那座城市的人，那些让你感动或者心碎的感情。

我想，每个人的心目中都有这样的一个地方，它不一定是最美的，却总是最独特的。这里总有一些人牵绊着你一直想回去看看：小鱼、皓子、牙牙、黄小鱼……还有很多叫不上名字的朋友。

去，你的旅行

．
．

在小湖边，我们几个人喝酒醉到了天亮，
早上五点多的天空有着特别奇特的蓝色，非常好看，
那半年的时光都被淹没在半梦半醒之间了。

香格里拉——
旅行的意义

凸

去香格里拉之前，我并没有特地留意这个地方有何特别，只是脑子里想着"美丽"两个字而已。那日我在香格里拉小镇边上的日落咖啡馆晒太阳，手上是那本装帧朴素，开本小巧的旧书叫作《消失的地平线》，作者是英国的詹姆斯·希尔顿。书中那段荡气回肠的故事，为世人展现了一个早期西方人眼中的藏区。像大多数人一样，在第一次来到香格里拉的时候，感觉自己好似找到了一个世外桃源，神秘而遥远。

我问住在香格里拉的朋友：什么叫人间天堂？
回答说：你现在身处天堂。

2007年10月，当我和苏、IVY、皓子从丽江乘车一路进入藏区的时候，我因为长途车的颠簸睡着了，醒来时却发现外面已经是草原的黄昏，暮色把整个天空都染成了红色，一群群的羊随着放羊的小孩成群结队地在草原上奔跑着回家去，看上去十分壮观。

IVY在网上预订的旅馆叫作"玛吉之家"，在远离城市的一个小村子里，面对着广袤的草原和松赞林寺。抵达"玛吉之家"已经快八点了，夜晚的村子里伸手不见五指，因为坐长途汽车实在太过疲惫，大家便早早地睡了。

翌日早上醒来，拉开窗帘那一刻，我瞬间就呆站在了那里，苏看着我发呆的背影问："怎么了？"

我拉开大窗帘，阳光毫不客气地全部洒进了房间，整片草原仿佛从天而降般落在我们眼前，你会发现云朵不断在向着远方叠加，地上有无数的羊群和马儿奔跑着，偶尔还能看到几只野猪，因为海拔高视野极其开阔，地上的花儿是成片的红色，跟远处的青山连成了一片，这里早不再是昨天晚上那个漆黑的小村子了。

去香格里拉看风景最大的收获莫过于认识了玛吉和Echo两个好朋友。这两个女孩因为太喜欢香格里拉，借钱从城市跑到这里买地盖房子，打算开一家属于自己的小旅馆。这件浪漫的事说起来容易做起来难，一来她们是外地人，二来两个女孩子要盖房子听上去就觉得有些不可思议，可是好在两人一点一滴地弄了起来。"玛吉之家"绝对不是你想象中的那种豪华度假精品酒店，这家小家庭旅馆寄托了太多店主的心思，一楼有大大的向日葵和阳光房，可以在那里晒着太阳吃早餐，如果你运气好还有机会逃票步行去松赞林寺逛一下，只是这几年越来越严格，逃票变成了一种很侥幸的行为，对于很多游客而言，能够停下来在一楼晒晒太阳看看远处奔跑的马也值了。

位于玛吉之家不远处的松赞林寺是云南境内最大的藏传佛教寺庙，这里是清朝康熙皇帝批准五世达赖所敕建的藏区十三林之一，因为在山间，所以寺庙远远看去就十分雄伟壮阔，公元1679年开始兴建，距今几百年的历史，这里有五世达赖、七世达赖时期的八尊包金释迦牟尼佛像、贝叶经、五彩金汁精绘唐卡、黄金灯及各种精美的镏金或银质香炉、万年灯等，十分值得前来一看。

有人问要什么时候去香格里拉比较适合，你想一下天堂的样子，那么这里也一样，一年四季都十分美丽。只是冬天和春天太过严寒，很多人都无法抵挡这样的寒冷，夏天的时候漫山遍野的彩色的小花随处可见，等夏天过去秋天的时候就是火红的狼毒花开满山坡，远远望去像红色的海洋，甚是壮观。

离开香格里拉前的最后一夜，因为聊得太开心，我和IVY、皓子贪杯喝了两瓶大可乐瓶装的青稞酒，然后彻底醉了。醉酒的结果是我们大闹"玛吉之家"，皓子深夜去村子里买香烟，结果被藏獒追赶，好在他以前是短跑运动员才得以逃脱劫难；IVY呢，则蹲在院子里哭；我一个劲地在洗手间里吐到不省人事。苏和玛吉、Echo没有喝酒，清醒地帮着我们几个任性的人打理收拾。一直到第二天早上离开香格里拉，我还在机场昏昏沉沉地想要呕吐，然后一路昏睡到昆明，从昆明回到上海的航班途中才醒了过来。

因为喝了大量的青稞酒，青稞的味道在身上散了开来，我觉得自己都快变成了一棵青稞，看着我的狼狈相，苏在一旁笑到不行，可我总感觉那应该是最愉快的一次长途旅行了，路途悠长而记忆深刻，记忆从香格里拉蔓延到在丽江束河古镇小旅馆里的生日祝福，满满的都是快乐。

香格里拉和中国大部分的旅游景点一样也面临着改革，旅游的开发和生态的破坏并存。几年后的春天我重新拜访了香格里拉，那日去松赞林寺刚好是个大晴天，只是大殿为了满足更多游客的需要在重新修整，很多以前老寺庙里的家具就这样晒在阳光之下，慢慢地和这个大殿一样失去了原本的颜色。

我没有焚香也没有朝拜，只是站在殿堂的外面对着天空拍照，拍头顶的天空和满天的乌鸦。

不知是不是因为乌鸦太过神奇，但凡有宫殿和寺庙的地方它们都爱停驻，一群群的乌鸦从头顶飞过，这个时候我脑子里一直在想，我真的有来过这个地方吗。还是就这么在时光里斑驳了去？

现在是香格里拉的下午四点十九分，我在路边的小咖啡店里写东西，一路看风景一路怀念，我想人为何喜欢怀念呢？是怀念沿途美好的风景还是爱过的人？出来好多天了，和朋友们聊到的似乎永远是那段感情，爱的、恨的，但谁又真的知道呢？香格里拉的天气很好，好得让人觉得一切都像是假的，跑去看了《云南印象》，在恢宏盛大的故事和华丽的背景之外，我只记得最后那句藏文台词，默默记在了笔记本上：

"那一世，我转山转水转佛塔啊，只为途中与你相遇。"
这是我心中的香格里拉，梦一样的天堂。

.
.

我问住在香格里拉的朋友：什么叫人间天堂？

回答说：你现在身处天堂。

丽江——梦一场 凸

云南是一个梦吗？我觉得是。在很多人的心里都期望来这里做一场梦，这个梦是真实的，也是现实的。

时至今日，我依旧期待哪一天可以来云南买个房子，有一家小旅馆、小咖啡店，每日写作饮酒，养狗养花，面对雪山在明媚的阳光中睡过去，很多人拥有过这样的生活，很多人也离开了这样的生活。

几年之间去了几次香格里拉，古城烧了，玛吉之家外面的草地都盖起了房子，街角那家有好吃的比萨和拿铁的咖啡馆也消失无影，都说旅行要趁早一点也不假，这里还是我熟悉的香格里拉吗？

是，又或者不是。记忆里的样子不见了，有些东西没有了，可能真的不会再出现了。

世俗的丽江在我眼里又有了不一样的味道。一日独自从酒店出门散步到古城，非游客区里只有几家挂着灯火的屋子，狗在院子外闲逛，一户人家的小女儿独自戴着耳机靠在门口听着流行歌曲。小城温柔，我想说的就是这样，所以也特别想告诉你值得去丽江做的事情。

玛吉和Echo从香格里拉搬来了丽江，这里的天气更舒服。有一天我特意骑车去她们家里吃饭，玛吉烧得一手好吃的四川菜，同行的还有一个以前在上海的好朋友Ocean，他是千千万万在大城市里的上班族中的一员，直到一次长途旅行改变了他的想法，他快速地办好了辞职，在外旅行了半年。可是旅途终究是需要一个停靠点的，丽江成了他的归属。

抛开自己的好朋友、上海买的房子和花了十来年建立的关系网去丽江生活谈何容易，我时常佩服这样的朋友，因为我的懦弱还暂时无法割舍这个城市，生活是不是总是用来羡慕的呢？可能是。

Ocean在丽江边上的白沙古镇开了个咖啡馆，因为夜已深，玛吉坚持要开车送他回去，顺便到小咖啡馆坐坐。于是几个人伴着星光开车出发了，车窗外闻得到麦田的味道，是柴火和花香掺杂在一起的田野里特有的香味。抬起头，星罗棋布，我们出生在不同的城市，却因为这样的交集相聚在此，长夜漫漫，要是一路这样开下去是不是也挺好。

白沙古镇离丽江古城不算远，开车二十分钟左右的样子，午夜时候路上除了几条野狗和皎洁的白月光几乎见不到任何人，我们四个人走在古镇上只能听到脚步的声音，我说怎么这么地安静，静到让心里的都是空的，Ocean说你习惯就好了，其实住在这里会让你觉得生活的一切都如此简单，家里的电脑坏了所以也不怎么上网，精神的富足原来可以和物质没有太大的关系，不用上网，没有电视，一台唱片机和几本书，咖啡香陪伴着他的夜晚。这里和上海有着天壤之别，喝了几杯酒我就回酒店睡去，打算第二天再来拜访。

第二天骑着自行车出发去找Ocean吃午餐，耳朵里播着陈升的《丽江的春天》：
"我最亲爱的朋友，窗外依偎杜鹃花，明天一起醒来……"
如果日子只用花期来计算，这样的时光应该只有丽江才拥有，沿路的花已经开满，樱花和杜鹃花随着风飘着花瓣，路过不知名的小村庄，很多农家已经升起了炊烟打算做午饭，牛晒着太阳悠闲地发着呆，远远地就看到了玉龙雪山。

停好自行车看城门口的老太太在卖菜卖花，买了一大束早上从山里采的野花，白天的白沙很像早年的束河古镇，人不算多，有很多小咖啡馆和商店，找到帕尼尼咖啡并不太难，一直走到古镇的尽头就能看到，在楼下闻得到阵阵咖啡香。Ocean养的小狗跑下来迎接我，找了一个靠窗户正对着雪山的位置，一切都是那么熟悉和舒服，像是回到家里一样。

喝了咖啡去拜访后面青年旅馆的管家，管家自己在院子里喝茶，整棵的樱花树开满了粉白的花朵，他说有一个女孩子在这儿住了一年，每天都上山祈福。我听来有些不可思议，却也相信了，因为在丽江什么事情都有可能发生。

吃一碗米线，我放了很多辣椒粉，然后晒着太阳，无所事事。如果每个人都可以选择一次自己的生活，我很羡慕他。

有的人离开了这里五年之后玛吉和Echo最终还是关掉了曾经一起经营的那家旅馆，而有些人又回到了这里。我们总是觉得自己无法选择生活，却未曾想过改变生活需要付出些什么。

可能，是一颗说走就走的心，你只要跟着自己的心走。

丽江帕尼尼三明治咖啡生活馆：
丽江市白沙古镇四方街往雪山方向200米2F
丽江市古城区金虹路133号2F（一棵树客栈马路对面）

第

章：

○○

小镇记忆

make

your

trip

新加坡——小印度的冰激凌味道

凸

如果没有记错，我的第一通国际长途是在2000年的春天打往新加坡的，那个清晨在武汉路边的IC电话亭。和所有在聊天室里闲聊的人一样，我认识了泉，第一个爱恋的人。这场青涩而深刻的恋情，到今天应该是有十几年的时间了吧。十几年前的声音至今我都能够清晰地记得，如同当年风行一时的新加坡电视剧《出人头地》《情丝万缕》里的感觉，完全不同于台湾或者香港的普通话。

干净整洁的街道，马来和华人文化的聚集地，但是对于一个学生而言，新加坡如同梦境一般遥不可及，远远看着就好了。

逃不出网络恋情的普遍命运，在还没有毕业那一年我和泉便分手了。

她离开武汉时已经是11月，整个城市都潮湿阴冷，我执意要送她上车。在傅家坡长途汽车站的门口，我独自抽着白色的茶花香烟，一口一口的烟很快被冲散在迷蒙的雨里。泉在车厢里回头看着我，用手比画着要我不要再抽烟了，我笑着点头。如果可以，我真希望那个坐在车上的人是我，至少这样，我可以看到那时自己的眼神是多么纯真，对爱情充满着期望。

很快地，我便收到了一封分手信，说得很委婉，原因无外乎时间和空间。不得不说"分手"对我的打击不小，毕竟是第一场恋爱。在之后的很长一段时间里，我潜意识地在排斥新加坡这座城市，其实我知道，我是在排斥那一段不完整又自以为是的感情。

我想我从未和任何人提起过，哪怕是苏，在到上海的头几个月我听说泉也在上海，于是，我发疯似的在上海的地铁站、便利店、夜店里期望可以与她不期而遇，如同电影片段一样，可是我知道什么也不会发生。几年后我选择在上海定居、工作，有了新的爱人——苏。所有关于初恋的往事就像被某天在车站送泉的那场雨给冲刷得彻彻底底，我忘记了她的样子，忘记了那些拥抱和亲吻，忘记了深夜昏暗灯光里她的笑容，忘记了车站的依依不舍……忘记了所有。

2006年和苏分手后的很长一段时间里，我独自一人住在番禺路的房间里，生活乱七八糟，朋友说不如去旅行，去一个你一直想去的地方。我想了想，一直想去的地方，那便是新加坡吧，去圆一个属于我的梦。

买了机票，带着我偌大的行李箱深夜从上海飞往新加坡，开始了我第一次的独自远行。因为是淡季，飞机上的人很少，一排座位上就只有我一个人，戴着耳机安静地靠在窗户边喝水，一口一口慢慢地下咽，看着城市的交替和变换，终于在凌晨四点半抵达樟宜机场。

新加坡的好友美宝为了接我早早地等在大厅，然后带着我坐轻轨穿行在这个城市里。新加坡的住房在亚洲的很多发达国家里都算非常不错的，美宝家是三室两厅，还有很大的厨房，可以住在当地人家里其实算是一个不错的体验，这有别于一般的旅行者住在酒店，奔走在各个景点之间。

新加坡的绿化在全世界都是出名的，因为是独立自主的政权，外加大量的华人、马来人聚集在此，新移民对这个小国真是宠爱有加，英文程度和教育水平在亚洲都是出名地好。也许你很难想象，这么小的国家到底有什么魅力让世界各地的人都在旅途中不忍错过。每个人来到新加坡的意义都不同，就比如这个下午我一直走在乌节路，想起十多年前要在这里和泉吃冰淇淋的约定，时光就是这样被岁月悄悄地改变了，我们找不到来路也无法回头。

从乌节路一直逛到了小印度，后来问了很多新加坡当地人都说对那里不太熟悉，这份陌生与疏离让我对这个地方充满了好奇。沿着轻轨一直走便会发现很大的市场，我总是对某地的大市场兴趣盎然，因为这是当地人真正的文化集中地，没有包装也没有浮夸，各种香料和咖喱的味道在此处融合，各种语言在这里交替。

早在19世纪，当莱佛士爵士航行至新加坡时，就有很多印度助手随行来到这里，他们是第一批到达新加坡的移民。位于新加坡河东岸的小印度现在已经是一个大型的印度社区，整个地区的建筑都呈拱廊形状，并且有很多印度的庙宇在其间，如果不是有很多中文标示，我甚至恍惚以为自己身在孟买的某个小街区里。

在这里可以找到很多印度手工艺的小店，一家家地逛过去却没有给自己买任何礼物。同行的美宝说："喜欢什么就买吧，当我送给你的礼物。"但我还是笑着拒绝了。旅行中的礼物就像是一种符号，陪着你一直地走，一直地走，可能随行的人会改变，时间也会消逝，但礼物始终在那里，一望便可以复刻出当年的场景。

我花了很长时间来忘记泉，包括那些感情，某天醒来，当我发现自己变得空空荡荡时，我知道我已经掩埋了与泉有关的记忆。

这短短的一个下午，我在小印度的路边买了一杯可口的芒果冰激凌来纪念这座城市的样子和它带给我的记忆的味道。也许感情就像手里的冰激凌，外表甜蜜诱人，但却入口即化，消失得毫无痕迹，最后只能在脑海里留下某种特别的味道，比如芒果，比如蜜桃。如果把每个人的感情都用水果来串联的话，那么这个世界也许会变成五彩缤纷的，起码我这样觉得。

去，你的旅行

阿德莱德——在山顶喝一瓶奔富红酒 凸

阿德莱德从来都不在我的旅行计划里的。

那日和查先生在悉尼的海边晒太阳，觉得应该去一些新鲜的地方，但是机票那么贵实在很难成行。想起曾在网上看到朋友的Blog里贴了很多美丽的照片，于是提议说，要不就去阿德莱德吧。

赶紧拿出电脑订了机票和酒店，开始收拾行李。不知道我算不算很冲动的旅行者，以前经常是提起行李箱就走。这些年因为工作和很多不能随时放下的东西，我变得理智了许多。或者，这便是成长。

从悉尼飞到阿德莱德不算太远，大概一个多小时的样子。因为全境几乎都是廉价航空的天下，所以经常可以买到大概二百到三百元人民币价格的机票。

托伦斯河横贯整个阿德莱德，因此阿德莱德是一个依山傍水的美丽城市，作为南澳大利亚的首府，早在1836年就吸引了大批的英国殖民者。阿德莱德以美酒和矿产闻名于世，大家熟悉的奔富、杰卡布红酒都产自这里，因为是海岸平原，所以阿德莱德的绿化植被都非常完好，周边还有很多类似德国村落的移民地都十分值得一逛。

我在飞机上睡了一会儿便抵达了阿德莱德，因为每个州的夏令时都不同，阿德莱德和悉尼竟然还会有时差。下飞机后，在行李传送带旁等待时我还以为机场的钟出了错，后来问了出租车司机才知道是有时差的，在一个国家内的不同地区有时差，真的令人感觉很奇妙。

在阿德莱德租车或者坐有轨电车都是很不错的体验，这里交通便捷，从城市到郊区一般只需要二十分钟的车程，因此书上会有阿德莱德是"二十分钟之城"的说法。第一次听到这个奇怪的称号时，我的感觉是好像去阿德莱德跟跑趟便利店买东西一样方便。预订的旅馆在沿街的路上，店面不大但很干净，窗户在床边，很容易看到城市上空的云朵从头顶慢慢飘过去。

在澳洲租车是一件很容易的事情，出国前最好做一个驾照的翻译，不过实在没有也没关系，一般的租车处也都会承认。加上GPS和保险，租金一天大概几百块钱，只是驾驶方向和国内不同，车技不好的朋友最好不要尝试。但自驾的好处就是你可以去往任何想去的地方。

这个下午阳光正好，我和查先生驾着车，放了我在阿德莱德路边淘到的一张Chet Baker的唱片，他缓慢而嘶哑的声音在高速路上蔓延，不到二十分钟城市便从我们的眼前慢慢消失，随之而来的是起伏的山坡和沿路的樱花，打开车窗，风就这样轻柔地跟着爵士音乐灌了进来。

车子开到了一个小镇，如果不说，我还以为自己是身在欧洲的某个小村落。无论是这里形形色色的人还是变化多端的建筑，都透着浓厚的欧洲气质，查了资料才知道，原来很多年前德国难民逃难到这里，被当地的环境所吸引决定在此定居，几百年过去，这里早已形成了一个小型的村落。小镇不算大，查先生停好车，我们慢慢闲逛起来，一些传统的手工艺小店开在街道两旁，每一家都可以看到店家的用心之处，小到门口的招牌，大到选址和装修风格都各具特色，在这里花很少的钱就可以淘到一些漂亮的小玩意儿当礼物送朋友。这里还有一家十分地道的德国餐厅Hahndorf Inn Hotels，不妨在逛到累了、饿了的时候进去坐坐。在澳洲喝一杯地道的德国啤酒，再来份烤香肠吧，坐在院子里看着身旁开满小花的街道，我有一种莫名的感动，好像我在梦中已经和这个小镇见过面。忍不住拿出笔给苏写了一张明信片，看不到这么好的风景，就让这张卡片捎去我的心情吧。

离开小镇后，我们决定继续开车前行，因为是红酒的产区，不去红酒庄实在有一点对不起自己，于是跟着GPS找到了奔富酒庄，一路是还没结果实的葡萄树，间杂着薰衣草的颜色，远远看上去十分美丽。根据当地的法律，阿德莱德的司机是可以有一杯饮酒量的，不算酒驾，不过切记不能贪杯。

因为是淡季，外加正值秋天，天气还有些微凉，酒庄几乎没有访客。酒庄的售酒处提供一些免费试喝的酒，口味很多，不过比较贵的就需要自己花钱购买了。相对于几万元人民币的置酒费，花几十块钱来一口也很划算，毕竟平时没有机会一次品尝到这么多的口味。我买了一瓶138的奔富酒，和查先生走到不远处的玻璃房间晒着太阳一口口地喝了一下午，葡萄酒的芬芳好似在整个酒庄散发开来，如果可以，我愿意醉倒在这个温暖的下午。

去过那么多城市，但是阿德莱德却带给我一种莫名的欢喜和孤独，这种孤独像是某天晚上我和查先生开车到了山顶，灯火灿烂的城市背影下，两个寂寞男子心中的空城；这种孤独又像是深夜独自下楼，在旅馆门口抽烟时莫名想起了苏的心情，我发了一条短信给她，"想念你，我想回家了"，这是旅行多年我第一次想要回家，直到现在我也说不出当时为什么会有这样的感觉。

武汉——江城夏日 凸

过年回家时遇到一个认识多年的朋友，聊起我的新书，问我书里都写了些什么。我想了想，应该会有很多城市吧，很多地方，也应该有很多回忆。最后他说，那有武汉吗？我迟疑了一下，说：应该、可能没有吧。然后话题便匆匆结束了。是啊，我问自己，有武汉吗？在我的心中有这样一个城市吗？

我不算是在武汉长大的孩子，却又是一直混在这里。

因为奶奶生了六个儿子，在当时全都要拉扯着养活是多么艰难的一件事，于是父亲在像我这么大时便去了军区的单位工作。直到现在，父亲依然时常聊起他在武昌7435工厂工作的事情，那是属于他的青春。我出生的武汉三医院据说是当时接生技术最好的医院，父亲说我呱呱落地时刚好是中午时分，江边有很多飞鸟，于是便给我起名为"天鸿"，意为展翅飞翔的鸟。其实一直到我读高中前，我都习惯别人叫我的小名——夏冰。甚至到今天，我都觉得"夏天鸿"只是我的一个代号，没有承载太多的记忆和特殊的感情，因为童年时没有任何人提起过这三个字。

因为亲戚的原因，小时候我经常跟着父母往来武汉，最熟悉的乡音便是武汉话。长大一点后，每年暑假要么住在滑坡路的奶奶家，要么住在武昌的姐姐家。我一直记得在武昌阳子湖游泳池游泳的快乐，大伯骑着自行车带着我，我贴着他的后背，经过一条小铁路就到了，那时候我常常和堂姐吵架，好几次都闹着要离家出走。而后来在滑坡路奶奶家时，她总是带着我和堂妹乘公车去汉阳动物园的水上世界玩水，那真是一个又一个漫长而快乐的夏天，游泳完还可以在门口吃上两个香喷喷的茶叶蛋，童年就这样无忧无虑地流逝了过去。

初中一年级时我参加了武汉报社举办的活动，还得了奖，我记得奖品是一瓶屈臣氏的蒸馏水。当时母亲很担心我独自去武汉，很怕我会出什么事情，我想那种想要往外跑的野心或许就是在那时慢慢积攒起来的吧。

后来父亲在武汉工作，我便经常有机会去到武汉，我把那里当作了我的另外一个家。像很多读书成绩不好的孩子一样，我在高三学习那么紧张的时期常常夜不归宿，也不愿意找亲戚，而是把大把大把的时间留在了昏暗的网吧里。再写起这些年少的荒唐事，我开始担心父母看到后会是怎样的感受，难过还是心疼，又或者觉得我根本早已无药可救？没错！在叛逆的青春期里我觉得自己真的有点不可救药。即便后来读了大学，我更加无法停止想要流浪的冲动，简单的行李，通宵的火车，岁月的轻狂。

高考的结果自然是意料之中的落榜，父亲说你去打工吧，不要读书了；母亲却借了钱执意要送我去读大学。直到多年后和母亲再次聊到这件事的时候，母亲才说，心里明明知道我不是读书的料子，但不希望自己的孩子缺少了和其他人一样的机会和经历，这样她会内疚一辈子。我不能否认心里隐隐对于父亲是有些怨恨的，甚至在我离开家时还写过一篇控诉他的日记，大意是对于父亲的种种不理解。这怨恨来自初中报考文学班时，父亲对我的百般阻挠，尽管后来我在市里获得了作文奖也依然把奖状丢进了垃圾筒（母亲后来又捡出来藏了起来）；这怨恨还有高中时父亲不同意我学习美术，理由是没出息，没前途，没工作，我只好放弃。那么多点点滴滴让年轻气盛的我无处躲避，我渴望离开这个家，离开父亲。

父亲年轻时也是个读书人，文笔不错，也许是看过了那篇日记，便托亲戚给我回了一封信，说家里没有条件让我过得更好，最后重重地写了三个字：对不起。这一句"对不起"让我把多年的怨恨立马就抛在了脑后。人就是这样，小时候总会因为某些无法如愿的事情责备父母，大了后，为人父母后才知道他们的辛苦。父亲送我离开家时，我顿时想起了朱自清先生的《背影》来，那分明就是父亲老去的样子，他不再是那个小时候我在他大棉袄里躲猫猫的意气风发的男人。

我的大学生活看似虚度又似乎很充实，当别人都在用功准备考研出国的时候，我却把更多的时间用来打工。不是家里经济拮据，只是这花花世界的物质诱惑实在太大，而我的心早已走得太远，整个四年我把打工赚来的钱都用在了旅行上，乘夜晚的长途火车去古城西安，去沿海福建，去沈从文的边城……

在武汉的很多日子里，不管心情好或者不好，我最喜欢做的一件事就是买一张一块五毛钱的轮渡票，从武昌坐到汉口，再从汉口坐回来。站在甲板上，耳边是呼呼的风声，我不知道这一江春水究竟会流向何方，就像那时候的心一样，起起伏伏没有着落。

大二那年和新加坡的朋友分开后便开始对感情失望，受伤之后的我也伤害过很多人，直到我在上海遇见了苏。有时候我在想，如果不是那一年认识苏，而是在武汉认识了谁，也许现在我还会待在武汉吧，过着平淡的生活，有着平淡的感情，那么也许也不可能有这本书的出版了。

长江——
回不去的家乡

从武汉开车沿着107国道，然后在某一个交叉口缓慢地开下去，经过无数的村庄和田野，然后缓慢地在"老虎山"这个丁字路口拐弯，不一会儿，便到了我童年成长的地方，长江埠。提到"埠"这个词，可能很多北方人会有一些陌生，《大明律》里对于"埠"的解释是"官牙埠头，船埠头"。

几十年前，爷爷奶奶因为孩子多，生活艰难，只好带着五个孩子"下放"来到了这个埠头，把父亲留在部队当兵。这里有一条被称为"府河"的河流直通长江，因为盛产食盐和石膏，这里在古代便是一个商业发达的小码头，是长江边的富足之地。后来爷爷奶奶来到这里的部队单位工作，像极了贾樟柯的《二十四城记》，尽管工厂至今都没有没落，但是因为收入低和污染严重，慢慢地很多人都如我一样远离了成长的小镇。

我想，父亲应该是记恨着他的父母的，因着多种原因，高中时从城市被带到了这样一个偏僻的小城镇里，嘴里虽然和朋友们说着小镇的好处，但是内心却是伤感的，这种伤感在我多年后去武汉探亲时才真正明白，那种"你们是乡下人"的感觉至今都烙印在我的脑子里。

母亲年轻的时候很漂亮，是镇子上的一枝花，虽然在农村长大，但后来能够从村里调到镇上的军工厂上班，在当年也算是件值得骄傲的事情了。母亲的文化不高，当年并没有看上父亲，只是因为太多人在身边当说客，家境不算好的母亲想着父亲算是大户人家，嫁过去的生活应该也不错。在那个讲究门当户对的年代，自由恋爱还显得很有些格格不入，从农村走出来的女人还很难选择自己想要的生活。

我并没问太多关于父母年轻时候恋爱的故事，而是多次翻到他们年轻时的合影：20世纪70年代在河边扶着杨柳树的感情，淳朴又真实，尽管物质贫乏，但两个人又对生活充满期望。仿佛一切都是自然而然的，母亲嫁给父亲，然后在1982年的秋天生下了我。

现在回想起来，比起身边的很多同龄人，我其实有一种莫名的优越感，这种优越感来自我的小镇生活，也许很多人不会理解。记忆是单纯而充满了色彩的，那包含了到河边钓龙虾，装了满满一桶回家让妈妈清蒸后的滋味；也刻画着每次背着家里人到河里游泳又偷偷跑去晒太阳的样子；更凝固了冬天堆雪人打雪仗的样子。那个时候世界对我而言很小、很小，只是方圆几公里的世界，没有其他，简简单单。

小时候父亲回到武汉读书，母亲经常要上夜班，我不知道独立感是不是在那个时候培养起来的。常常是我一个人开着灯便睡着了，母亲对别人说我很勇敢，不害怕独自在家，但其实我心里怕得要死。

长江埠的河边有一片小树林，年纪小的时候我一直怀疑密林子里面有怪物，长大后依然对那里保持着一种莫名的恐惧感。但所有的生活都因为钱真正变得现实和残酷起来，直到我读高中才知道父母一直拿着三四百块钱的工资供我上学，如今虽然已经过去，但我始终无法想象，或者是不敢回想那种凑钱过日子的情景，也不敢再询问他们是如何熬过来的。每次想到这里我便会觉得心酸，父母所挨过的那种苦分明是一种莫名的悲伤，说不清楚也无法表达，全都变成了脸上在时光中雕刻出的皱纹。

其实我早已察觉母亲的无奈和些许恨意，如同在问自己为何当初会嫁给父亲，我时常开玩笑般地开解她如果不嫁怎会有了我。如同大多数的中国女性一样人到中年感情破裂，在我读大学的某一年回家时才得知他们悄悄办理了离婚。我并没有太难过，也没有劝阻，我只是依然觉得他们苦，生活的苦和内心的苦，生活的苦我还可以帮助他们，但内心的苦我却永远无法安抚。

这些年离家越来越远，只是每一次回家睡在我读书时期一直睡的小硬板床上时，我都可以安稳入睡，那不是高级酒店的床，也不是风景优美的旅馆的床，那是我梦开始的地方。我第一个梦在那里开始，是对于世界的好奇，最后又回到了这里，只是梦太多太远，我早已经很难回到故乡继续生活了，它就像是一座山在心里，安稳、踏实地伴随着我成长。

后记
凸

旅行的意义

- •
- •

对于20世纪70年代生的香港人来说，一家有四五个孩子是等闲事，七八九个也不是绝无仅有，穷，当生活都成问题，旅行就更是件奢侈品。

第一次坐飞机，是1995年，二十二岁，参加学校的师生团，坐民航到北京，住北京大学，挂名是学生，其实是旅客。

第一次出门，除了"过分必需"的物品，我坚持带着王菲刚出版的CD《Di-Dar》去北京。—— 我大概以为在北京听王菲，会听出另一种味道来！

除了王菲，我也带了向朋友借来的傻瓜相机，一本MUJI记事簿，打算每天回到房间，记录下当天的行程。

我果然不是亦舒小说的男主角，这其间，每天玩得疯狂。虽然每每走过一处地方，看见一个人，可能有一点点的感觉想要记下来，可是那念头一闪即过，随即又蹦蹦跳跳地走开了；像我以后的生命一样，太赶；总来不及记下一丁点东西。

最后，那本MUJI记事簿最终只有在飞机上写的那一段："12月24日，第一次坐飞机，实在令人兴奋，但不敢给同学们知道像乡巴佬一样，只好冷静地坐在位置上。不过，我知道这会是个愉快的经历。"

那次旅行，终于我只是把在北京四处游览的相片与大小名胜的入场券存盘，当作是第一次旅行的记录。自此，旅行变成我最大的嗜好，一有空，有点钱，我也是不顾一切冲出香港，开始时，我也曾立志以后去旅行也要写下游记，结果都是无法成事。

可能是旅行的机会仍然太难得，有钱没假期，有假期没钱，这事就像爱情一样——你不爱的爱你，你爱的不爱你，不玩至最后一丝精力用尽誓不罢休。

每次旅行留下来的，是一张又一张的照片与菲林底片。对！没看错，是菲林。现在有数码相机与iPhone，拍照当然为所欲为；但那时，一筒菲林只能拍三十六张，每拍一张相片都得经过精心计划，还要小心不要让菲林走光，故对照片也格外地珍惜。但无论拍得如何多，拍下来的必定不如看见的多，但我知道，那风景，那感动不管有否拍下来，那回忆必定躲藏在我脑袋的某一个角落，只待一天，趁我不在意时破茧而出。

闭上眼睛，就会记得天安门外那飘浮在半空的纸鸢与下面走过的高大军人，台北永吉路小食摊传来的浓香与红楼外的啤酒味，曼谷夜店外行人色彩浮躁的夜行衣与热辣辣的空气，布里斯班的蓝天白云下的四处乱走穷凶极恶的大鸟，巴黎暗淡天色中走出Metro站口的路人，尼罗河中凉风吹送下英式曲奇饼的香气与非洲小孩腼腆的笑脸，涉谷JR站口外用霓虹灯组成的路标与少女脚上的粗筒袜……甚至十四岁时与一班男同学在南丫岛宿营房间中的汗臭味。

记得，我通通都记得，而且从没有怀疑过这隐藏在我脑袋一角的颜色与气味。可是如果我当日认真地把旅程中的感觉快速整理好，记下来，前后对比，这又会否与我的记忆有所出入？这事情正如每次回看自己十八岁时写下的日记，看见那时候的自己永远有不可思议的感觉。

如果……如果我真的记下来，像小友阿Sam那样，不只记，还是那样巨细无遗，连带私人感情爱恶性生活都照样记录无遗的话……根据蝴蝶效应，世界又会否变得不一样？我的成长又会否有点不一样？

打开小友阿Sam的旅游札记，他又会如何记下我们在香港第一次见面的情况？我记得，那天是炎热的，在铜锣湾时代广场外碰面，他仿佛是穿黑衣，戴着全宇宙文化人（包括我）通用的黑框眼镜。相认后，我们在街上一起抽了一根烟，他送了一个发条铁皮车玩具给我做见面礼。

那时，他有一股清洗得不干净的大学生气息，虽然抽着烟，也有点须楂子，但看起来，样子实在幼少、年轻，如果不是早在网络上联络了好一阵子，势必估不到已是个有名堂的作家；去年再见到他，大学生气息不见了，人已经是老练能干，仿佛知道世界一切的奥秘的一个男人。现在的"80后"，果真如张祖师奶奶所说："呵，出名要趁早呀！来得太晚的话，快乐也不那么痛快。"当一切在崩坏中，破损中，果然不得不快，快，快，但如何快，总不能失去细腻的心，也不能没有理想。

谁都知"卖文"是会叫人饿死的职业，不是因为杂志报纸不发薪水，而是一般文字人想写的，大部分都不是编辑想要的。有风骨，就要失去饭碗，你又能做出怎样取舍？一走了之可能是个好方法。

台湾音乐才女陈绮贞有一首歌叫《旅行的意义》，她自己写的歌词中说："你离开我，就是旅行的意义。"一次旅行的意义，可以是男人为着逃避一个他不爱的女孩。同样的，美国作家伊莉萨白吉尔伯特(Elizabeth M. Gilbert)逃到意大利、印度与印度尼西亚写*Eat, Pray, Love*，是为了找寻生命的意义与自我成长；我旅行的意义是为了"食，买，瞓。"那小友阿Sam的旅行是什么？是青少年期的逃避困惑，到成长后的追寻真相，然后真挚地用文字与照片记录下来。

看过小友阿Sam这本表面是旅游杂记，但实质是以自传体为主的感情表白的作品，不得不佩服他有这勇气。这文字，这风景，捉住存在宇宙时空中的一刹那间，往往在你最不经意之处，偷偷渗入一点私人的感情；趁你不备时攻击，最令人招架不住。这本书自私、自我，却情感细腻且具胆色，能勾起人最原始（primary）的记忆。
看过这一本，或者叶志伟私记之travelog，没有见天日的一天。

衷心希望大家喜欢这一本，因为每个人都能在里面找到你躲藏在脑袋一角失落已久的记忆，然后好好地闭上眼睛，回味那失落的颜色与气息。

叶志伟

2011年，4月1日，哥哥逝世八周年的晚上

后记

276

师父，我并未看完你的小说

·
·

师父，我并未看完你的小说。

只看了十页，便不想往下看了。我怕继续看下去，就出不来了，误了写现在这篇文字。

我一直以为自己是记事情特别清楚的人，情节，脉络，几度夕阳，夹杂一点个人情绪，比得上普通傻瓜机照出来的效果。可看了你折腾那么些年终于出来的文字，我又在想，我的那些人那些事呢？似乎统统在某个租用的公寓里，顺着下水道一点一点旋涡般地流走了。

"我是阿Sam，现在住在位于华山路近常熟路的蔡元培故居里。七年前我曾经一度幻想以打字为生，虽然书里都说字贱清寒，虽然我过得并不很富足，但我从来也没有想过改变，于是几年后我做了杂志编辑至今。"

我叫刘同。现在住在北京四环旁边一个叫沿海赛洛城的楼盘里。七年前也曾经一度幻想以写字为生。但无奈学识有限，北京太大，我写出来的那些字都不够成为我容身的砖瓦城墙。还好，我生性贫贱——嘴贫性格贱，从不抱怨自己的遭遇，所以投身传媒这一行一直一直，至今。

看阿Sam的午夜场是我到北京第二年的事情。当时博客很火，关注的人里面常常会链接阿Sam的博客。

我清楚记得第一次点击进去的震撼。只是随手点了进去，定睛看了十秒文字和图片。然后关闭。记录下网址。心里忐忑。感觉是，在黄沙漫天的城市里行走了两年，嘴唇也全是干涸的褶皱，却突然发现了一片海。不敢相信，于是闭上眼睛。等到夜深人静再跑回来，独自欢喜。

后来才发现，在这座叫北京的城市里，有很多人同我一样，面对上海的阿Sam，独自欢喜。这种小愉悦，后来蔓延到北京的媒体圈里，只要说到"你也看过阿Sam的午夜场"时，即使再陌生的关系也会亲近起来。

必要的敏感，与一直的善良。必要的理想，与偶尔的失重。必要的文艺，与偶尔的邪恶。不能缺少的一点矫情和脆弱。加上他喜欢的欧美音乐，是当年美到致死的另一个世界。

当然这也不是任何人都可以感受到的。对于曲径通幽处的花园与热闹熙攘的水上市场，我都是有强烈的好感的。正如我爱看韩寒的博客，又独爱阿Sam的午夜场一样。

甚至，有时我看到陈绮贞，也有了那种万人流泪大合唱。我反倒希望阿Sam一直就是阿Sam，低调，奢华，只能被围观，不能被讨论。

比起更多看过他博客多年的人来，我多了一些亲近的机会。某年的一天，我到上海出差便约他在一家当时觉得装修精致的越南餐馆见面了，我把手搭上阿Sam的肩膀，在沙发上合了一张相，至今存在我的手机里。

当年的我和当年的他，没有任何的生疏，就像认识多年的老朋友。

"第二天早晨九点，窗外依旧阴沉。苏留了便条：钱在抽屉的第三格，相机是F717，不知道你是否能用惯，可以带出去拍照，有事情就电话我。寥寥几行字交代了她在上海的全部，干脆利落，是这个城市熏陶出的典型样子。

在这个炎热的夏日午后，拿着苏留给我的小纸条，心里一阵莫名的感动，这感动源自长大后除了家人之外第一次有人对我毫无保留地信任，这不仅仅是钱或者相机的问题，而是一种全身心的交付，在这个全新陌生的城市里。"

——《梦旅人》

也像他文章里的苏，他们第一次见面，苏用寥寥文字便把自己的一切坦然道出——让阿Sam除了父母之外第一次被人如此信任。也许正因为如此，他选择对待每一个人都谦和温润。

他看着我点单，微笑聊天，然后自然拿起账单结账。
他应该不知道那是我第一次吃越南菜，他也不知道我拿起菜单的时候心里惴惴不安，怕花费太贵，钱包里两百的现金恐怕支撑不住一顿外国菜。

那天消费是一百四十元。我觉得超贵。其实为了节省钱，我只点了两个小吃和一碗米线。到了买单的时候，我都忘记了当时他的动作，总之他是一切顺理成章又不让我难堪地处理完买单这件事情，和我继续聊天。

我应该是装作若无其事的，可心里却默默地想着，什么时候，我才能混到不把一两百块当回事呢？究竟是心里不当回事，还是对于金额不当回事？

这些年过去，再想起当时的窘状，我想我已经从两方面都克服了。

而我认他当师父是两年之后的事情，在很多北京朋友见证的场合下，我半跪着敬了一杯酒，算是和我当年的那片海结下了缘分。

再后来，我们每年见一两次面，说话不超过百句。他从未变过。而我却从恐惧交际的人变成话痨，再度变成躲避交际的人。他就一直默默地这样看着我，他周围还有一大群特别好的朋友，每次想到的时候，全是一样温暖的笑脸，握着红酒杯，一点一点下肚，用各自的小宇宙连接成银河系。

我很庆幸自己遇见了他和他们。在独自北漂的时候，在漫无目的上网的时候，在出差百无聊赖的时候，阿Sam和他的朋友们总是在那里。比如至今我从未见过Niko，但这个名字我早就刻在了心里。Niko看着阿Sam在上海落脚生根发芽壮大，他陪着他做了很多少年之间应该做的事情。

有时，你看一个人好不好，你就看他周围还有多少一起成长起来的朋友。

他们彼此见证了最难的时光，最鼎盛的青春。他们在他受情伤的时候帮他治疗，他们在他正常的时候，仍逼着他治疗。他们是他每天带在身边的吊瓶和点滴。可以不吃饭不睡觉但是不能不打点滴。

正如当年阿Sam的午夜场于我一样。

我的博客叫素色医院。我想像阿Sam的午夜场一样。再过几年，有人会为我写下这样的文章。

刘同
光线传媒

师父，我并未看完你的小说

那都是我们丰盛的旅程

·
·

很早就知道阿Sam的Blog，他被冠以"网络红人"的头衔，在当时是很响亮的名号。连我一个特别要好的朋友都是他的粉丝，三不五时就要提到这个名字，因此也好奇地跑去网上围观，发现他友情链接里竟然有那么多人，真心觉得能和这么多人成为朋友，是非常了不起的事。

几次朋友的KTV欢聚，经过介绍也都是互敬一杯，一句你好就没下文，以至于我几次责怪自己性格太别扭，让一个有这么多朋友的人都难以聊出几句——虽然我们熟悉了以后常常用"偶像包袱"或者"文人相轻"作为对这件事的调侃，但我明白，认识一个人，熟悉一个人，或者，路过一座城市，熟悉一座城市，都需要因缘。

一次去他在上海的住处做客，恰好有外地来玩、宿醉借住他家的朋友，一起闲聊时像主人一样动作熟练地泡茶招呼大家，俨然一副亲人般的自若平常——虽没亲身经历他与身边死党的一番爱恨情仇，但感觉是他与人相处时，自然的进退有度，让人充分安全，却把他自己的敏感和不安妥当收藏。阿Sam这个人，就和他的住处一样，是闹市中一处难得的僻静氛围，春天上班时路上能看到一树盛开的樱花，午后阳台就有金色的沉静阳光，适合默默看书喝茶，仿佛是需要穿越时空隧道才能到达的境地。他身边来往往的朋友，就算是老于世故，在他身边，也只剩下温情的滋味。

被他和他的死党们戏称为"大师"，对星座粗浅了解的我，并不记得阿Sam的命盘，也不记得他究竟问卜过怎样的问题，只大抵觉得他身上隐藏着不属于这个时代的伤感——在价值混浊的现世留恋夏花冬雪、春雨秋叶。在数码横行的时代执着于胶片摄影……是一种与世隔绝的漂泊感，让我以为他不停地走，是为了找寻安放青春和安放真心的位置。

《梦旅人》，不知道"去过很多地方"算不算是比"有很多朋友"更了不起的事。细细读他候鸟般怀揣着细腻沉默的心情，短暂停留在广阔世界的不同角落，遭遇不同的人，思考不同的命题，感受不同的境地。觉得或许他宠辱不惊的平实外表，便是由这些过往洗就，其中种种喜怒哀乐，他不提及，我们就无从知晓。如今他牵出一条记忆线索，是在"潮流杂志主编""知名博主""网络红人"一众符号背后，一个真实旅人的切身心得，在我看来，是安静对坐，娓娓道来的故事……是阿Sam和我们的因缘际会，用他的丰盛过往陪伴你一段人生的旅程。

也许你刚刚踏上去往异乡的旅途，你可能还习惯沉浮于恣意幻想，或者正迷惑于浮生若梦的泡影之中。你可能还未察觉，在经历过万千风景之后，能被这些平和的叙述击中，才算是明白生活的意义。

以上。

祝好。

hansey

我们还能做些什么

.
.

我们还能做些什么？这是几年前我和阿Sam以及一群朋友经常谈起的话题。我们聚在某个日后再没去过估计如今已经拆掉了的小酒馆，有人说我们也开这样一个酒吧或者咖啡馆，有人说一起成立一个设计工作室。我记得阿Sam说他想每年都可以出去旅行几次，然后有机会出自己的旅行书。我们就吵着说那你一定要在书的前面写上"谨以此书献给×××"云云。

和大部分人一样，认识阿Sam也是通过他的博客"阿Sam的午夜场"。后来大概是因为都是做媒体的有些工作上的接触，往来便多了一些。真正熟起来是2005年的秋天他来北京做那一场日后我们回想起来都觉得实在是不知天高地厚的摄影展。那时候的三里屯还没有Village，我们坐在路边的大树下等着有人来看展览。那一年北京10月的阳光，明媚得像是要刻进每个人的皮肤里。

我们有过一段走得非常近的时光，会在深夜里倾诉细腻的心事，也会在清晨的时候互发"早晨起来尿尿"的无聊短信，一时兴起他就直接买了机票从上海飞来北京和朋友们喝酒。

后来大家都越来越忙，联络很自然地就不如过去那样频繁。我只是从他的MSN上签名"×月×日～×日·日本、×月×日～×日·悉尼"等，知道他又要去旅行了。之后过些日子，就能收到他从日本、悉尼寄来的明信片。他每次在明信片上留的话都差不多，大概就是"这里的阳光很好，要是可以一起晒晒太阳该多好"之类的。然而我们从来没有机会真正去到那些遥远的城市一起晒太阳，我们只要知道对方的日子大抵过得平静无恙就已经安心了。

然后就听到他的旅行书要出版的消息，我才又想起那些在小酒馆借着点酒劲说过的玩笑话。如今的我们，每天疲于应付早晨一睁眼就堆在面前的工作、账单，我们把在健身房消耗掉一丁点的卡路里就当作天大的胜利，那些开酒吧、咖啡馆、工作室的梦想就真的只成了玩笑话了。然而阿Sam却坚持下来了，我完全没有想到他当真可以把那些在路上的日子写出一本书来。所以虽然平常我们总在开对方玩笑，但我心里想说的却是，那些可以坚持自己梦想的人，当真了不起。

寇博

《风度men's uno》 编辑

写在后面的话

-
-

旅行真的是很奇妙的事情，孩提时去乡下看望外公外婆的时候坐着父亲开的小吉普车一路颠簸，我想那应该是我第一次对"旅行"二字有认识吧，只是那时候还不知道这个词的真正意义。外公外婆家有乡下土房一间，步行几十米穿过一条小溪便能去田间闲逛，天气好的时候父亲会跳进潺潺的河水里去游泳，我呢？自幼胆小，便和母亲坐在田间看着父亲，母亲扯了不知哪个农家种的蔬菜洗了洗便一起吃起来。如果人生里有最幸福的时光，那段短暂的时光应该是我最幸福的时候。

日暮时分，外公在后院用木头生火烧饭，煮了米放上自家做的腊肉在灶上蒸起来，我小时候很乖不太说话，帮外公捡了柴火一根根地放到了小火炉里，那柴火伴随着火花发出吱吱的声音，木炭和大米的香味不一会儿就飘了出来，时至今日我依稀记得那种味道，家的味道。

当年经济不算发达，晚饭后几乎都是没有电的，更不用说电视手机，大人们点起烛光，泡了粗茶边喝边聊起了天，我一个人在一旁趴在烛台边玩蜡烛，没一会儿就在这微弱的烛光里睡着了。快二十年过去了，每每记起这样的画面，都感觉温馨快乐，那是我第一次离开家去的陌生地方，我叫它"旅行"。

小时候我一直觉得小地方长大的孩子很卑微，家境不好，没有见过大世面，只有一颗漂泊的去看看外面世界的心。活到快三十岁说来有些难为情，一无房无车，二无存款，唯一值得炫耀的除了坚持多年的"阿Sam的午夜场"博客就是那些满世界跑的旅行照片，那些画面啊早已经不是孩提时跟着父母去外公外婆家的样子，那是很大很大的世界，需要长途的飞行，需要积蓄的累积，需要很好的体力和勇气，我在想，我的天啊，我哪里来的这么大的胆子去做这样的事情。

现在想明白了，原来是因为我的童年无比幸福，这种幸福是城市里的小孩子无法感同身受的。暑假在夏蝉和青蛙的叫声里入睡，和小伙伴们去田间偷西瓜，小河沟里钓现在城里人无比热爱的小龙虾，我的童年没有游乐场，也没有神奇的玩具，有的更多的是大自然给予的一切，也许从那个时候起，我知道大自然给予的不仅仅只有这些，你总有一颗好奇的心驱使你去外面的世界看看。读书时不用功，一意孤行地想离开家，离开父母的唠叨，然后越走越远。二十五岁前我一直幻想和喜欢的人去大理开一家咖啡店，以为自己能够就这样一直漂着漂着，结果过了二十五岁我漂累了，最后停在了上海。我知道爱和旅行都是离不开的事情，生活也并非一切如意由你所想，需要更加努力才能够去造一家咖啡店，看美丽的风景。

读书时候的旅行很简单，没有钱便打短工赚点钱，然后买长途的绿皮火车去他城，那时我在武汉读书，能够去到最远的地方便是带着CD机坐通宵硬座去西安，去福州，去杭州。

我一直记得长途火车的味道，一站又一站无法入眠，偶尔停在某个异乡的小镇便下车去抽半支烟，然后在火车关门前丢掉手中的半支烟在夜空里，下一站？自己都不知道，那种快乐肯定是现在的豪华飞行或者高铁无法比拟的。

大学快要毕业那一年因为一段感情来到了上海，以为自己还是会到处漂泊，结果一晃快十年了，竟然定居在这个城市里。这十年的时间里想过放弃和失去这个城市，最终逃不过情字留在上海。我喜欢在飞机起飞那一刻看一眼脚下的城市，想着这座城市里住着你爱过的、恨过的、喜欢的、讨厌的各种人，有你熟悉的又或者陌生的地方，每一次离开其实都有可能是你的最后一次，不管在哪座城市或者和谁告别。

在漫长的旅途中我并不是一个易睡的人，面对失眠时常喜欢喝一杯，在房间里放着熟悉的老歌，看来有点矫情，但一切都是真实的，就这么昏昏沉沉地睡了过去。在异乡醒来的早晨，阳光穿越了微薄的气流、窗帘、尘埃就这样照在了房间的一角，你分明可以看到尘埃在空气中轻舞飞扬，如果身边还有其他人，应该会煮了咖啡，让香气弥漫整个房间。没有真正清醒过来的时候我经常不确定自己到底身在何方。抽支烟吧，就让烟雾都在这尘埃里消散而去。

从第一次跟着父亲的车离开家开始一直到现在，我偶尔会问自己，旅行到底是什么？人为何需要不停地行走而不能始终待在同一个地方？以前看书上说，孤单的人不远行，可是我觉得自己时常在孤单或者不孤单的时候，内心都有莫名的小宇宙催促着我去这个世界探索一下，去看不一样的风景，去感受不一样的人。也许会经历失眠、孤独、开心、难过，最后带着所有的心情回到熟悉的城市继续工作、生活，你会发现自己的成长过程里一直联系着这样那样的地方，它们教会你的远比书本里多得多。

那一日黄昏在阿德莱德，我们开车前往山顶，山路曲折不算颠簸，带了酒，车里播着我在二手唱片店里找到的Chet Baker唱片。这个英年早逝的才子声音低沉悠扬，爵士的小调调顿时弥漫在了整个山谷之中，不一会儿车开到了山顶，城市的灯火阑珊便在眼前，点了一支烟看着城市的阳光慢慢落下去，天际变成了红色和蓝色交替的样子渲染了整个视野，华灯初起，一盏一盏的灯渐渐亮了起来。

还有一日，我们在全世界最美丽的海岸线墨尔本的大洋路上开着车，那是秋天的澳大利亚，远处鲸鱼在海水里翻腾，我和几个朋友冒着寒冷的天气拿着啤酒看着远处一望无际的大海。雨后的大海，很快出现了彩虹，那一刻我顿时明白也许人生的意义就是不断地看风景，去不同的城市遇见不同的人。

在东京的下北泽，我和好友喝醉了酒，莫名地想念着爱的人，然后在街角借着酒醉抽了一支很寂寞的烟。有过很多这样的日子，拿着小笔记本记录下短短的片段，然后很多都忘记了，甚至不愿意记起。我用相机全部拍了下来，那些景色有一大半在脑海，一小半在照片里，这样，挺好。

比起文字，我想我更喜欢拍照，如果你把这本书看作像LP一样的旅行攻略，可能你会十分失望，因为它更像是鼓励着你去对这个世界发梦的第一步，你需要面对寂寞、孤单、少量存款，为自己的出行找理由。可是想到世界这般美好，世间这样荒芜，你还在等什么？从我们来到这个世界的第一天我们便是带着梦的，最后也终将带着这个梦离开，只是在弥留的时候希望你不后悔自己看过的风景，爱过的人，我想那就够了。

出本书这个念头从很早便萌生，一直觉得不写是因为阅历不够丰富，文笔不够优良，就像是第一次准备去旅行一样，总觉得还有这样那样的东西没有准备好，时机不对。2004年初来上海的时候便说要在家里写书，具体写什么我那时还不知道，就像是一张白纸幻想了很多的颜色，然后就这般过去了快七年的光景。我和喜欢的人去旅行了，独自去旅行，和好朋友去旅行了，然后在这漫长的旅途里我做了一个梦，梦到了云南香格里拉黄昏的颜色、越南芽庄清晨的颜色、上海华山路凌晨的颜色、泰国清迈深夜的颜色……那是一个又一个梦的色彩，这些色彩迫使着我不断地继续着我的旅程。如果梦都有颜色的话，那各种城市梦里的颜色现在全部都映入并慢慢湿润了我的眼眶。

旅行需要看风景、挤时间、空思量，我们总是喜欢给自己找这样那样的理由，今天不做等明天，明天其实还是不会做，然后有一天便在网上遇见了催我出书的YOYO，如果不是她的不断鼓励我想便没有这本书。在书里，我没有刻意写"他"或者"她"的区别，全部用"他"来替代了，希望读来你也能感同身受并一起做梦，毕竟亲历的风景远比书中更完美，就像是爱情，电影情节再完美也需亲身经历。

看别人写序总喜欢感谢这个那个，我想了又想感谢朋友写不满这里，感谢爱过的人又有这般那般的顾虑，那么我应该感谢我的母亲、父亲。我记得母亲在我大学毕业那一年说因为家境不好，什么都给予不了我，我笑了笑说，这生命便是最好的给予，让我来到这个世界，去这个可怕、荒芜又可爱的世界探险。我一直想人应该是有梦想的，梦会催着你探索下去。就好像我读书时成绩不好，但因为梦做了杂志；没有钱，但因为梦有了工作和收入，让我可以去看世界。这应该是书的最后几个字，因为我的懒惰这本书从夏天写到了秋天、春天、冬天，我知道其实这一切才是我梦的开始。

青春。梦。旅人。

阿Sam
2011年4月5日的上海华山路，蔡元培故居

图书在版编目（CIP）数据

去，你的旅行/阿Sam著.—长沙：湖南文艺出版社，2017.4
ISBN 978-7-5404-7989-3

Ⅰ.①去… Ⅱ.①阿… Ⅲ.①随笔—作品集—中国—当代 Ⅳ.① I267.1

中国版本图书馆 CIP 数据核字（2017）第 026478 号

上架建议：畅销文学 | 旅行

QU,NI DE LÙXING

去，你的旅行

作　　者：阿Sam
出 版 人：曾赛丰
责任编辑：薛　健　刘诗哲
监　　制：毛闽峰　赵　萌　李　娜　刘　霁
特约策划：郑中莉　由　宾
特约编辑：陈荻雁
营销编辑：杨　帆　周怡文
封面设计：好谢翔
版式设计：潘雪琴
项目策划：杜　娟
版权支持：凌　立
出版发行：湖南文艺出版社
　　　　　（长沙市雨花区东二环一段 508 号　邮编：410014）
网　　址：www.hnwy.net
印　　刷：北京京都六环印刷厂
经　　销：新华书店
开　　本：880mm × 1270mm 1/32
字　　数：208 千字
印　　张：10
版　　次：2017 年 4 月第 1 版
印　　次：2017 年 4 月第 1 次印刷
书　　号：ISBN 978-7-5404-7989-3
定　　价：42.00 元

质量监督电话：010-59096394
团购电话：010-59320018

去, 你的旅行

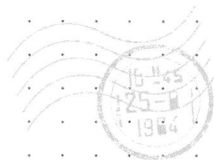

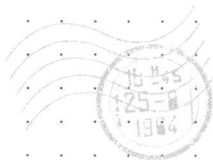

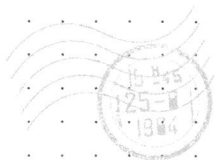

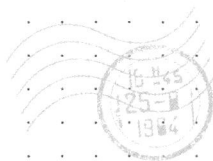

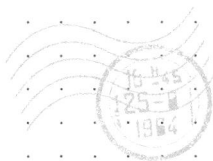

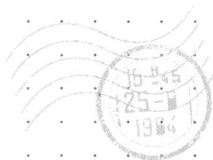